詩답게 시작하는 황혼

詩답게 시작하는 황혼

지은이 / 권문자
편   집 / 이부섭
디자인 / 박민희
일러스트 / 남경돈 남윤아 남일랑 조은영 함혜영

펴낸날 / 2025년 1월 10일
펴낸이 / 홍석근
펴낸곳 / 도서출판 평사리 Common Life Books
출판신고 / 제313-2004-172 (2004년 7월 1일)
주소 / 경기도 고양시 덕양구 중앙로588번길 16-16. 7층
전화 / 02-706-1970   팩스 / 02-706-1971
전자우편 / commonlifebooks@gmail.com

ISBN 979-11-6023-352-0 (03810)
2024 ⓒ 권문자

詩답게 시작하는 황혼

권문자 시집

평사리
Common Life Books

차 례

2부 · 흑백 사진 한 장

序

새삼 그리워
추억을 펼쳐 보았다
고향과 어머니와 아버지, 그리고
유년의 기억에 멈춰 있는
할머니와 할아버지, 또 그리고
청년이던 남편이 있었다
꽃과 별과 시를 좋아하던
문학소녀가 있었다

아득해질 찰나 현실로 돌아오니
자식들이 옛꿈을 응원한다
치사랑에 흐뭇한 미소 짓는다

추억과 현실에 感謝를 담아
詩로 엮었다
수줍게 내딛는
詩답게 詩作하는 황혼이다

제1부

거진항 사람들

일러스트 : 나윤정

거진항 사람들

뱃고동 소리 물새 소리
묶인 배 부딪치는 소리

낮에 일던 큰바람에
놀란 물고기 다독여 잠재우고
60년 걸어온 바닷길
노인은 돛단배 닻을 내려놓고
곤한 히루 달빛 아래 고요하다

고깃배 기다리던 사람들
뱃고동 소리에 억센 손 바빠지고
거진항에 오징어 덕장 난생처음 풍어로다
대처에서 공부하는 아들 뒷바라지
이만하면 족하다

어부들은
바닷물이 돈으로 바뀌는 꿈을 꾸며

손가락 구부려 셈을 한다
오직 바다가 생명인 거진항 사람들

거진항 뒤에 철조망이 걸렸다
철새도 배가 고픈 그 동네에 큰집이 있었다는
늙은 어부는 큰집에서 제사 지내고
그 밤에 돌아올 수 있는 거리였다고 한다
골 진 주름 위로 눈물이 흐른다

차가운 새벽달 아래 묶인 배를 풀고 있는
거진항 사람들

인생

안마당에서
베 매는 날
동네 아낙들 꼬맹이 구경꾼들
살림 밑천 딸 먼저
그래도 아들을 낳고 봐야

베 날라
베틀에 매달면 씨줄
북통 속에 실패 넣어 날줄
오고 가고
대마포 한 필 되었습니다

꽃으로 피어나던 꿈 접히고
눈물겹게 살아온 사람은 압니다
졸린 눈 비비며 밤새워 일해본 사람
봉지 쌀 먹어본 사람만 압니다
>

살아 온 평생의 길이가

삼베 한 필

치자 물 곱게 들여서

그대 옷 한 벌

나도 폭 넓은 치마 하나 만들면 되겠네요

생각만 해도 아픈 길

가진 것 없어 세어본 일 없고

꿈꾸듯 구름 가듯

씨줄 날줄

엮어온 세월에

한숨 배어 있고

땀방울 배어 있고

삼베 한 필 길이

수의 한 벌 무게

내려놓아야 할 것 없어도

허리띠 조르고

주먹 쥐고

아직은 믿었는데

휘젓던 허공만이 나의 것

바람만이 나의 것

아, 그러나
그 바람까지 내려놓아야 가는 곳
부려 놓아야 하는 것

치자색 넓은 치마에
꽃을 그려 안고
저 산 밑에 있는
저 강 건너면
그대 흰 나비 되어 있다가
그 꽃에 앉아 쉬어 가시.오

생명, 나비 되어 날다

약국 앞 난전에서 졸고 있는 더덕을 샀다
손질하다 보니 연두색 새순이 튼다
가여워 윗동만 잘라 화분 귀퉁이에 심었다
움트고 사랑 트고 지지대 감아 새봄을 불러온다
어느새 화분 가득 신록의 계절
아직 꽃피기 전인데
더덕 향기 가득한 나의 고향으로 달려 간다
이 깊은 고향의 숲속은 언제였던가

고향 앞산에 지천으로 피던 꽃
꿩도 토끼도 하늘 끝까지 그 많은 것들
작은 산이 어떻게 품었을까
진한 풀 내음까지 내 그리움까지
청자색 우주 안에 담겨 있네

피라미드 근처 어디
3,000년 전 완두콩에서 싹이 났다고 한다

흙을 믿어 기다려온 날들
하늘 믿어 받은 선물 파란 생명

좁은 방에 나란히 기다려온 파란 꿈
나비 되어 날다

노인 목사

시골 작은 교회
교인 많지 않은 곳
노 목사 내외 계신다

가난한 겨울은
성실해도
부지런해도 견디기 힘든 어려움

눈 오는 날 동트기 전 새벽녘에
동네길 골목까지 쓸어낸다
사람들 걱정까지도 쓸어낸다
만나는 사람 인사하면
"노인네가 잠이 안 오니까"
다시 빗자루 들어 마무리한다

교회 뒤뜰 사택 마당 토종닭은
크리스마스에

동네 떡국 잔치에 쓰인다
열두 광주리 남는 것은 생각해 본 일 없다

살구꽃인지 눈발인지 뒤섞여 날리던
꽃샘추위 지나서
어느새 잎새 파란 날
토마토 배꼽이 튀어나오는
전염병이 돈다는 농민신문
기사를 읽고 그 새벽에
김 집사네 토마토밭에 간다

자전거 받쳐놓고
홍해의 기적을 믿는 기도를 한다
토마토밭을 따스하게 안아 준다

한 달 양식으로 받은 쌀 두 말
기척 없이 김 집사 집에 놓고 온다
일용할 양식은 염려하지 않는다

서울 사는 아들이 보내온 용돈 들고
입대하는 청년 찾아가

잘 있다 오라고 손을 잡는다

동네 사람 면사무소 볼일 있으면
"바쁘실 텐데 놀고 있는 사람이…"
자전거를 탄다
오는 길에 과자를 얻었다면서
거동 불편한 노인 집에 들른다

외로운 가을을 살면서도
아직은 풀잎 하나

날마다 소명으로 머리를 숙인다

길 1

같은 하늘을 날아도
제비가 떠날 때 기러기 온다
서로 만나본 일 없어도
남겨진 시련의 여운으로
얼마나 힘들게 살다 갔는지 알고 있다
몇만 리 날아야 하는지
헤아리지 않아도
비에 젖어도 날개를 편다
그래서 제비는
나뭇가지에 앉는 법을 배우지 않는다
반년을 살기 위해 바다를 건너 하늘을 난다
꽃가지에 내리는 가는 빗소리 듣지 못한다
어린 소녀 반가운 손뼉 소리도 기억할 시간 없다
넓은 마당에 빨랫줄 매여 있던 집
내 영혼의 냄새를 기억하며 고향 같은 집
그곳을 향하여 비상한다
>

나뭇잎 필 때 길 떠난 아버지는

된서리 맞은 나뭇잎이

일흔 번 풀이 죽어도 돌아오지 않는다

어느 길에 서서 두고 온 사랑을 뒤돌아 보았을까

지키고 싶은 약속 무거운 세월 속에

햇불 되어 타오르던 꿈도 내일도 재가 되었고

잔재가 된 꿈을 안고 어디로 가야 하나

새로운 세상은 멀어지고 길을 잃었다

부서진 꿈 눈물 젖어 흩어진다

제비도 돌아오는 길을 알고 있는데

길 2

석탑처럼 서서
비 맞고 눈 덮이고
바람 불어도 내려놓을 수 없는 한(恨)
선돌멩이 되어 서 있는 할머니
동틀 때부터
해저녁 잔망이 다할 때까지
마중물 되어서
깊은 생각을 뽑아 올린다
밤마다 울어도
속마음은 숨겨야 하는
할머니의 길

누구에게 들킬까 봐
몰래 우는 슬픈 영혼
젊음은 돌이 되어 가슴에 박히고
기도보다 더 진한
아픔으로 채워지는 날들

나뭇가지마다
노란 손수건 매어 놓고 기다리는
담채색 그림이 된
어머니의 길

봉평에는 메밀꽃이 피었더냐

마음속에 뿌리내린 물레방앗간 바라보다가
물이끼 돌멩이에 미끄러진 허 생원
메밀꽃보다 더 곱게 피었던 달덩이
버린 것도 잊은 것도 아닌데
어느 골에 살고 있는지 저 별은 알고 있으려나
허 생원을 등에 업고 냇물 건너는 동이는
그 속내를 모른다
동이가 왼손으로 채찍 잡은 것을 보고
허 생원 가슴에 바람이 일어
메밀꽃 흔들리는 뜻을 동이는 모른다
그날 피었던 메밀꽃은 말이 없고
대화장 따라 60리 달빛 서늘한 길

드팀전에 허 생원 제천장에는 아니 오는가
깊은 그리움 달랠 길 없어 속으로 운다
봉평 소식 듣고 싶어
메밀꽃이 피었더냐 물어도 아는 사람 없고

동이 어멈 말없이
장돌뱅이들에게 덤으로 막걸리 한 사발씩

가슴속 달덩이 찾아 제천장 가는 길
메밀꽃 하얀 밤

을왕리에서 건져 올린 달

을왕리 바다 건너 저쪽으로 가려다가
물에 빠진 해를 구하려고
낚싯대 드리웠더니
물속에 있던 달이
낚싯대에 걸렸다

망태 메고 장대 들고
뒷동산에 올라간
노래책 속 아이들에게
건진 달 주었더니
우리 엄마가 달을 좋아한다고
그 달 들고 집으로 달려갔다
그 엄마
달 속에 있는 계수나무
비쌀 것 같아
은도끼로 찍어서
금도끼로 다듬어

집을 지었다
집 장사로 돈을 벌었다

을왕리에 모여드는 사람들은
날마다
물속에서 달을 건져 올린다

을왕리 넘나드는 노을 속 해가
별과 달을 불러놓고
훈계를 한다
우주의 신비, 인간에게만은 비밀이다
인간들은 달 속의 토끼를 모르고
성간(星間)의 비밀을 모르고
우주의 신비에 대해선
도대체 아는 것이 없다
인간을 조심하라고

을왕리 모래밭에 찍힌
사람들 발자국
파도가 밀려와 씻어버린다

꽃의 사연

할미꽃 찔레꽃 연꽃은
슬퍼서 피어오른다고 한다

아침이슬아
지난밤 발자국 소리 너였구나

그대 그리는
꽃이고 싶어서
눈 내릴 때까지
그대 손끝이고 싶어서
울 밑에 핀 봉숭아야

더 가까이고 싶어서
날마다 키를 세워
해 질 때까지 해 따라가는
해바라기
>

달님 향해
소리 없이 하얀 웃음
박꽃이었구나

소쩍새 눈물 위에
피어나는
진홍빛 달래야
수줍은 여인들 가슴에
그 봄 다 갈 때까지
그리운 노래

별

여름밤

마루에 누워서

하늘의 별을 세어본다

세다가 잊어버려 다시 센다

별꽃이 피어 있는 하늘 꽃밭

할머니는

부채질을 하시다가

부채 바람에 별들이 흩어질까 봐

잠이 드는 내 옆에

부채를 살짝 놓는다

여름밤

건봉산 밑에서

그의 손을 잡고

하늘의 별을 세어보았다

세다가 잊어버려 다시 센다

세다가 잠이 든다

별들이 밤새도록 내려와

거진항 아침 뱃전에

이슬 꽃이 된다

나무들의 이야기

우리는 날마다 산수화
눈 내리는 날에는 설경
날 저물면
새들의 사랑방

진달래 작은 나무
꽃을 피워 사랑 노래

절벽 위에 곡예 나무
살아 있음 확인하고
안개구름 불러 모아
오늘의 그림

옹이 박혀 틀어진 명아주
노부부 지팡이면 족하고

놀이터 큰 나무

동량이 되라 하지만

구부러지고 퉁퉁하고

술래잡기

눈 가리고 기대기 좋은 터줏대감

비탈길 한쪽에

버려진 나무

말구유 되었다가

거기에 별을 담고

꿈을 담고

우주를 담았네

잡초

쇠비름 토끼풀
쐐기풀 삐비풀
가꾸는 사람 없어
사정없이 뽑아 던져도
제 몸 하나 버리는 게 아니고
조상님이 내려주신 몸이라서
함부로 죽을 수 없단다

달개비 뽑아 버렸더니
한쪽에서 집성촌 이르고
살아남은 자들의 함성으로
보라색 꽃을 피웠다
누굴 기다리는가
아침부터 밤까지 꽃 피워
달님 맞아 웃는다

쇠비름 뽑아

여름 내내 지게 소쿠리에

두었다가

두엄자리 던졌더니

이른 봄

제일 먼저 쇠비름 숲을 이루어

쇠비름 두엄산 만들며

신생국마냥 성해 오른다

책

책 속에 길 있다는데

호미 들고 일하는 길밖에
다른 것 모르는 오직 한길
오늘 콩 심고 팥 심고
내일 콩 나오면 팥도 나오고

부모님께 효도하고
자녀들 잘 가르쳐
분에 넘치는 것 욕심내지 말고
동네 할아버지 돌아가시면
뛰어가 보고
꼭대기 사는 홍 봉사
도랑에 빠질라
징검다리 놓아 드리면
어디선가 들려오는
새들의 노랫소리

\>

하루 세끼 밥 잘 먹는 것 고마워
오늘 여기에 꽃 한 포기 심으라 한다
책 속에 그렇게 써 있더라

책 속에 다 있다 하더라

꽃밭이 된 담장

시골 당숙네 집은
담장을 헐어내고
꽃을 심어
마당을 다 채웠다
현관으로 가는 징검다리만
남겨놓고 모두 꽃이다

한참 서서 바라보았다
꽃들의 이야기가 들린다
지난여름은
비도 많이 오고
바람도 많이 불고
더웠는데
우리는 살아남은 거야

햇볕이 벼 익으라고
따갑게 내리는 날에

겨울을 준비한다

이번 겨울도 춥단다

동네 아이들 뛰놀던 고샅에

아이들은 없고

꽃냄새가

아이들을 대신한다

매미의 일생

7년 어둠 속에서 닦은 내공
삶의 무엇을 알아냈을까
산다는 것의 비밀
살아 있는 것은 모두 아프다는 것
날개가 바스러져도 불을 밝히는
개똥벌레도
온몸에 열꽃이 덮여도
뜨거운 춤을 추는 무당벌레도
아픈 노래를 부르는 매미도

어느새 은빛 날개를 달았나
풀숲도 아니고 꽃밭도 아니고
늙은 나무에 기대면 된다
어둠 지나서 해 돋는 아침
꿈꾸던 내일이 지금이다

지난 세상에서 만나지 못한

나의 슬픈 이브를 부르고
집도 곳간도 없는 행복을 부른다
배부르면 노래를 잊을라 수액 한 모금 마시고
오래 살면 게으를라 보름 동안의 선물
아직 찾지 못한 나의 이브를 만나면
나는 저 멀리 낯선 별이 된다

오늘 정자나무 그늘에
고단한 농부를 잠재우고
선비의 낮잠 속에 옥매미
꿈을 전한다

정각사의 봄

큰골 동네 지나면 긴 둑길이 있고
그 끝에 노성산 정각사 가는 길
사방에서 언 땅 헤치고 싹 틔우는 소리
나뭇가지마다 잎새 피워내는 바쁜 손
아무도 알 수 없는 봄의 비밀
구름도 새들도 봄이 왔다고
그렇게 마음대로 하늘을 넘나들면
꽃샘바람 덩달아 힘 자랑할까 걱정이디
노성산 중턱에 노랗게 부끄러운 복수초
수정 이불 살짝 밀어낸다
가시 틈에 끼인 하얀 꽃도 얼굴 내밀고

정각사에 보살 할머니
가을 되면 연밥이랑 말린 찻잎 보내 주셨는데
요즘 거동이 불편해 아무 일도 못 하신다 한다
돌 축대 사이 파란 돌나물 머윗잎 보내 주셨는데
어렵겠구나

\>

걱정스러운 나는 정각사로 간다
조롱박에 약숫물 마시고 정각사 들어서면
저녁 예불 소리
"피는 듯 떨어지고 내 것이 아니로다
빈손 되어 비로소 만물이 보이도다"
선방 댓돌 위에 하얀 고무신 한 켤레

앞마당에 피는 벚꽃만큼 태어나는 별
벚꽃 떨어지는 밤 정각사 뜰 안에 소복한 별

오늘은 가을을 쓴다

금륜산 대덕사 깊은 계곡에
물매화 피어 있다고 바람결에 전해 왔다

내 어린 날 가을은
우리 마을을 채우고도 넘쳐
건넛마을까지 그 뒤 언덕까지 가득했다

세상은 온통 가을로 덮여 있고
하얀 달이 기울면
마음 아픈 새벽닭 목청이 깊었다
먼저 우는 새벽닭 깊은 소리에
온 동네 닭이 따라 울고
예배당 종소리도 길게 들려왔다

밤새 흔들리며 떨어지는 나뭇잎은
한 장의 엽서였다
>

은행잎 노란 길로 가을이 왔고
가을 품에 있던 모든 것
잎새 하나까지 모두 내어주었는데
나는 그 가을을 안아 주지 못했다고 쓴다

낙엽 밟으며 마음 깊은 곳에 이르면
곡간 없어도 꿈을 꾸는 새들이 있고
길쌈 안 해도 아름다운 산국화 있다고
흔들며 떨어진 엽서에 쓴다

어제 잎 떨어진 하얀색 물매화
다음 가을엔 모자란 타작마당에
피어나는 꽃이 되고 싶다고
서리 묻은 엽서에 쓴다

금륜산 물매화 향기 가는 곳으로 가을 간다

열매들의 생각

꽃진 자리에 씨앗 하나
기다림 함께 익어 온 석류알
알알이 눈물로 채워 터질 듯 쪼개질 듯
기어이 걸어온 수행의 길
아직은 선문(禪門)에 이르기 전
석류 속 물들이는 바람은
그래서 여름 내내 구름산 넘나들었구나

목화밭 지나는 길 목화 다래 천상의 향내
이 땅에 마땅한 이름이 없어서
달님이 지어 주었다는 달의 나무 다래
달을 보며 밤새 피워낸 하얀 솜꽃
시아버님 솜 바지 되어
해란강 거친 바람 막아주고

상수리가 호박만큼 크지 않은 연유를
농부가 말해주었다

외갓집 바깥마당에 모과나무 있었다
울퉁한 모과 구석진 곳에 놓아두기만 해도
겨우내 감기약

나무에 매달려 살고 있는 열매들은
위장을 모른다
보호색 칠하지 않고
그냥 제 무게를 안고 익어간다
누구도 끼어들 틈이 없다

까치발

창문을 열 듯
세상을 여는 하늘
봄맞이 흙을 고르는가 했더니
어느새 꽃피우고
여름 오시는 길 다듬는 햇살
꽃잎 자리 비워서 씨앗 자리 만들고
게으름 피우지 말라고 봄은 잠깐
풀잎에 이슬두 잠깐 다녀가네

햇볕이 따가워도
여름 아니면 열매를 알겠느냐
가을 심장이 뛰겠느냐

나 그대에게 진 빚이 많다
내가 땡볕에서 꽃을 피울 때
솔바람 되어 맴돌아 준 일 아직 잊지 않았네
그 빚 갚을 때까지 나는 아직 여름꽃이네

>

그동안 시(詩)답지 않은 인생 살면서

문밖에서만 살았구나

시답게 살고 싶어

열매 하나 익히고 싶어

오늘도 까치발 들어 발돋움한다

쪽파

쪽파 한 잎도
비를 맞으며 이슬 젖으며 자란다
바람에 흔들리며 자란 생명 꽃이랑 무엇이 다르랴
쪽파도
꽃처럼 하늘 보고 구름 보고 남새밭 가득

장다리 밭에 노랑나비
파밭에는 오지 않아 서운한데
그래도 잡풀은 아니다
반듯한 내 땅에 산다

밥상에 주인 노릇은 못 해도
없으면 마무리 안 되는 자부심
이름이 쪽파라서 품위를 높이자
몸값 올려 물가 상승 앞장선다

돌돌 말아 초장 찍으면 그리운 고향 내음

나물밥에 파 송송 양념장 어머니 손맛

계란찜 위에 뜨거운 꿈 파란 별 무리

꽃도 쪽파도

파란 하늘 흰 구름 아래

제2부

흑백 사진 한 장

일러스트 : 조은영

흑백 사진 한 장

6.25 다음 해 국민학교 2학년 때
우리는 분교로 왔다
보리밭 가운데 교실만 세 칸
중국 영화 「책상 서랍 속의 동화」 같은 시절
아침마다 우리의 맹세를 외쳐 고함을 지른다

운동장 다듬고 나무를 심어
우물을 피고 학교를 만들어 갔디
운동장 넓은 풀밭
호미를 들고 일렬로 풀을 뽑아 나간다
지렁이가 나오면 호미를 던지고 도망갔다

흙 속에서 싹이 나고 꽃이 피어날 때
우리도 함께 자랐다
낙엽 위에 내린 서릿발 눈발에
발 구르며 춥게 자랐다
미국에서 온 우유 한잔 배급받아

끼니 때우며 자랐다
흙에서만 꿈을 꾸었고
계절 따라서 살았다
꽃 피는 산천을 감격했고
여름이 그렇게 찬란한 것도
흙에 살아 배웠다
가을을 바라보면
눈물이 흐르는 뜻을 알았고
손발 시린 겨울엔 입김 불며 자랐다

흰 구름 아래서 고무줄놀이도 했다
논두렁 지나고 냇물 건너 소풍도 갔다
동네 어른들이 더 좋아하고 기다리는
운동회도 했다

손바닥만 한 흑백 사진 한 장
70년 가까운 세월 지나간
국민학교 졸업사진 보면서
추억에 젖는다

이제 사진 속 선생님들 모두 없다

예쁜 여선생님도
운동회날 국밥 먹고 사물놀이 하던
동네 아저씨들도 모두 없다
친구들도 듬성듬성 자리를 비운다
손을 모으던 단발머리
내 모습은 언제 변했는지 흰머리 되었다

그래도 아직 꿈을 꾼다

초임지

경주 토함산 너머 골짜기에 초임 발령받고 찾아갔던 초등학교 있다 토함산 넘는 버스, 승객은 다 내려야 하고 남자는 뒤에서 밀고 여자는 걸어 올라가는 험한 길이었다

다 올라서면 확 트인 동해바다 한눈에 보이고 하늘하고 맞닿은 곳까지 이어져 있는 그림 같은 곳 앞으로 몇 걸음 나가면 동해바다고 뒷걸음 몇 번 하면 토함산이고 보이는 곳마다 진달래꽃 영변 약산이 이보다 더 고울 수 있을까 생각했다

학생들 사투리 몇 번씩 물어보아야 알아들을 수 있는 말 국어 시간에 '좋음'의 반대말을 '파이'니더 하고 대답하던 산골 아이들 가정 방문 갔더니 점심밥 주시는데, 무밥이 부끄럽다고 밥 속에 있는 무는 다 골라서 부엌 바닥에 버리고 남은 밥만 주던 키가 작은 여학생 사립문까지 따라 나오시며 석류 세 개 주시

던 그 아이의 어머니

고개 들어 밤하늘 보면서 카시오페이아 북두칠성 별
자리 가르치던 날들 내가 선생님인 것도 잊어버리고
아이들보다 더 좋아했던 그때 아이들이 만들어준 감
꽃 목걸이 걸고 토끼풀꽃 손목시계 보라색 꽃반지
만들며 즐거워했던 시절 봉숭아 물들여 준다고 으깬
꽃 손톱에 올려놓고 아주까리 잎으로 싸매 주던 그
아이들도 이제 일흔을 바라보는 나이가 되었다

눈이 내릴 때 더 즐거웠다 눈사람 만들기 시합을 했
고 눈싸움도 했다 학교 운동장은 언제나 우리 빈 아
이들로 시끄러웠다 내 안에서 피어나는 꽃들이 이렇
게 아름다웠구나

잎이 필 때 사랑했고, 바람 불 때도 사랑했고 잎 떨어
져도 사랑했다 반딧불이 따라서 춤을 추던 그곳 내
마음이 비어 있을 때 채울 수 있는 것들이 아직 남아
있을 것 같은 그곳 힘들 때 찾아가고 싶은 곳

2003년 8월 경주 엑스포 때다 그 학급 반창회 모임에

나를 초대 해줘서 고맙고 반가워서 달려갔다 옛날의 토함산 길은 포장되어 신작로가 되었고 작은 시냇물 간데없고 초등학교도 없어졌다 마을도 변하고 초가집들 모두 현대판 집이 되었다 나무 울타리 밑에 숨어서 밤새 집을 지키던 달맞이꽃은 어디에 피어 있을까 잘 간직해야 하는 소중한 것들을 잃어버린 느낌이었다 눈에 보이는 것은 없어졌어도 그곳은 언제나 내 마음속에 있는 산골짜기 등불이다

꽃을 좋아하고 별을 좋아하시는 선생님 덕분에 시인 목사가 되었다면서 김 목사가 시집 한 권을 건네주었다 책 속에 별을 좋아하시던 선생님 이야기가 있어 가슴이 뭉클했다 그 동창 모임에서 꽃다발 받고 경주빵 경주법주 금목걸이 주는 대로 잔뜩 받아 들고 고마운 마음 제대로 인사도 못 하고 어떻게 왔는지도 모른다

그곳은 언제나 나의 꿈이고 노래이고 시이다

국화빵 1

여학교 다닐 때
골목길에 국화빵 집이 있었다
수업 마치고 영락없이 들르는 집
갓 구운 빵을 종이봉지에 넣어주면
김이 올라와 봉지가 축축해지고
빵도 쭈굴해진다
'얘들아 빵 먹자'
백제의 사계절이 담겨 있는 산성공원 밑에서
다섯 명이 하숙을 했다
평상에서 빵을 먹는 여름에는
담 넘어 해바라기가 부러워했고
전설의 달빛은 밤새워 비단 같은 금강을 비췄다
월락산에서 들리는 트럼펫 소리
웅진의 몰락이 슬퍼서 월락산이라 이름했다는데
돌아올 수 없는 산천을 부르는 소리가
가을이면 더 애절하게 들렸다
트럼펫 소리 들으며 우린 수다를 떨었다

뭐가 그리 웃을 일이 많았을까

국화빵 속에 웃음 터지는 비밀이 숨겨져 있었나

내가 결혼하던 날

하숙집 아주머니

국화빵 할머니

국어 선생님도 같이 오셨다

선생님이 축사를 써오셨는데

국화빵 이야기를 하셨다

그 할머니 천당 가시던 날

하얀 국화꽃 정성스럽게 놓아드렸다

국화빵 2

서대문역 1번 출구 옆에
국화빵 굽는 아저씨가 있다
반가웠고 추억이 떠올랐다
내 나이는 잊은 적 있어도
그 시절 추억은 잊은 적이 없다
혼자 웃었다
옛날 그 맛이 아니어서 섭섭하다

어느 날
하숙을 같이하던 친구와 만났다
황송하리만큼 맛있는 점심을 대접받고
고급진 커피까지 마시는 호사를 누렸다
너무 과용케 해서 미안하다 했더니
옛날 국화빵 먹은 값을 한 번쯤 하고
싶었다고 했다
옛이야기로 시간 가는 줄 몰랐다
다시 만나도 국화빵 이야기하자고 했다

내가 걸어온 지울 수 없는 길

사람들은 관심 없는 그 빵에

아름다운 그림자 있고

내 마음에도 있다

우연이 가르쳐 준 것

창신동 꼭대기에 낙산 성곽이 있다
성곽 근처에 사람들이 모여 살아
큰길로 내려가는 길이
여러 갈래 있다
넘나들기 벅찬 길인데 책 실은
이동도서관 트럭이 보인다
35년 전쯤이다 그 이동도서관 책을 죽 훑어보았다
나태주 시인의 소설집이 보인다
이 친구가 삼류 소설가가 되었나
제목이 흑장미가 뭐야
혼자 중얼거리면서 책을 부챗살 펴듯
건성으로 넘겨보고는 제자리에 꽂았다

그리고 또 10년이 흘렀다
불교합창단 단원인 친구가
예술의전당 합창 공연 초대장을 보내왔다
예쁜 꽃다발을 준비했다

긴 시간 걸리는 유명 지휘자 공연이었다
노랫말이 전부 나태주 시인 글이었다
반가웠다
공부를 참 많이 했구나
순간 몇 년 전 이동도서관에서의 기억이
부끄러워 눈물이 날 것 같았다

그의 조용하고 잔잔했던 학창 시절이 생각났다
잃어버렸던 옛날 생각에 웃었다
그 시절 전하지 못했던 꽃잎은
어느 책갈피에서 바스러졌고
지금 들고 있는 이 꽃다발을 전하고 싶어진다

버스 타고 광화문을 지나다가 교보문고 벽에 걸린
좋은 글을 읽는다
나태주 시인의 글이었다
가던 버스에서 내려 맞은편 벽을 올려다보고
또 읽는다
시인의 사랑으로 피어나서 바람으로 물든
풀꽃들이
빌딩 벽을 다 덮고 있었다

나는 지금

그대의 풀꽃에 앉은 이슬이 되어 머물고 있다

풀꽃이 좋아 오래도록 풀꽃에 맺힌

이슬이 되고 싶다

혼자 생각

억새 풀 따라서 비탈길 오르니
솜꽃 날려 가을이구나
어느새
쌓인 눈 무거워 키 작은 저 소나무
쓰러질까
잔설 녹은 골짜기 매화 가지에
꽃눈 텄습니다

읽던 책 접어 놓고서 꽃 한번 보고
온다 하더니 꽃잎 떨어지고 낙엽
밟아도 오지 않는 사람
접은 책갈피 차마 덮지 못합니다

사람 살다 간 빈자리 보면서
어린 시절 아버지의 빈 사랑방 보입니다
눈물에 겹쳐서 두 개로 보입니다
우리 할머니가 믿는

하나님은 말은 할 줄 모르고
듣기만 한다고 했습니다 그래서
날마다 하늘을 보고 말을 했습니다

하늘엔 새가 날고 언덕 아래 꽃이
피어 있었습니다

돌아오는 길에는 나뭇가지에
눈썹달 걸어놓고 오려 합니다

12월의 달력

고개 넘을 때마다
한 잎씩 떨어지고
눈물도 떨어지더니
싸락눈 어지러운 날 가는 길 잃었는가
그대 홀로 남았어라

그대 오는 길에
우리 집 대문 밖 연분홍 살구꽃
그것이 봄이라오

모과나무 길 지나 언덕에 오르면
창포꽃 피어 있는 5월 광주가 보인다
눈 감으면 눈물이 흐르는

여름이 오면 그이가 오시는 날 행여 잊을까
꽃잎 같은 동그라미 그려 놓고
하얀 백합꽃 안고 토담 길 돌아서

그리운 이 오셨네
가지 마라
닭 울기 전 가는 곳 어디인지
새벽에 떠난 사람

가을이 깊어지는 시린 밤
둘로 갈라진 땅 저쪽으로
기러기 날아간다

건넛마을 영성사 새벽 예불 소리 들릴 때
한 잎 남은 시간 위로 눈이 쌓이고
절집 좁은 마당 눈 쓸어내는 싸리비 소리
손 시린 행자 스님은
가는 길 잃어서 여기 홀로 머무는가

눈물 젖은 그대 얼굴 마르기 전에
돌담 틈새로 파란 잎 하나 보인다고
에둘러서 말하리라

가을에 꾸는 꿈

가을이 오는 길에서 마주한 연꽃
서역으로 가는 길 부르튼 발
진흙 속에 감추고
부처님 얼굴로 피어 있다
연꽃 옆에서 찍은 그의 사진은
영정사진 되었고 그다음에는 어디로 갔을까
나 홀로 두물머리 연꽃 앞에 서 있다
가을에는 돌아올 것 같아 하늘을 보면
내게만 보이는 별 하나
그 별 보며 가을 꿈을 꾼다

어느 집 울타리 사이에 피어 있는
하얀 꽃을 따서 자루에 담았다
본디 이 꽃은 하얀색이 아닌데
꿈속에서도 이상하다고 생각하면서

꽃잎이 하얗도록 속죄를 했을까

두물머리 길상의 꽃 먼 길 왔을까
깨어난 꿈 가는 곳은 일주문 지나서일까

내 꿈속의 그 꽃은 하얗게 되려고
얼마나 기도했을까 얼마나 흔들렸을까
깊은 기도는 얼마였을까

꿈을 꾸는 사람은 바람이 부는 까닭을 안다

꽃 필 무렵에 비바람이 분다고
말해준 그를 생각한다

소풍 가던 날

소풍 가는 날이라고
숙고사 연두색 치마 분홍 저고리를 입었다
4학년은 관촉사로 갔다
관촉사는 멀어서 들길을 가로지르는
지름길로 두 시간은 가야 한다
작은 꽃들이 지천으로 피어 있는 논둑길을
일렬로 날아가는 새들처럼 앞 사람만 따라서 갔다
송편하고 삶은 달걀이 무거워
할머니가 관촉사 앞까지 들어다 주셨다
짐승들이나 새들은 소풍 간다고 먹을 것을
무겁게 들고 다니지 않는데
사람만 짐을 들고 다닌다고 생각했다

사람이 죽으면 염라대왕이
관촉사는 다녀왔느냐 묻는다고 한다

지금도 고향 가는 기차에서

멀리 낮은 산도 그 들길도 보인다
숙고사 치마저고리 안 입는다고
발 구르던 생각이 난다
보따리를 들어다 주시고 혼자서
논둑길 되돌아가신 할머니가 그립다
그때 친구들은 지금 무얼 하고 있을까
관촉사 마당에
커다란 관을 쓰고 높이 서 있는 미륵불은
바람의 노래도 눈물도 알고 있다
탑돌이 하던 여인들의 기막힌 소원을 들어주었고
우리들의 소풍 이야기도 기억하고 있을 것이다

꽃이 되어

꽃이 되고 싶어서
바람 부는 저녁마다 잎새 흔든다
낮에는 햇볕 쬐고 밤에는 꿈을 꾼다
꿈꾸는 꽃잎 위에 이슬 앉으면
이슬 젖은 편지 되어서
꽃이 되어도 외롭다고 쓴다
밤낮없이 피어 있는 꽃이어도 그립다고 쓴다
어느새 불붙는 낙엽 되어
나뭇가지 달빛 물드는 밤
열리지 않는 그대 창문 앞을 맴돈다

봄날에 새소리는 노래를 부른다 하고
가을 새소리는 울어 옌다더라
새가 울고 노래를 불러도 대답 없는
그대 생각에 나는 슬퍼한다
밤새도록 울고 있는 가을벌레 되어
그대 창문 밖 아픔이다

\>

그대 별빛 되어 내려오는 밤마다

젖은 별빛 물드는 꽃이고 싶다

내 시계는 고장 나지 않았다

손거울에 비친 내 얼굴을 본다
아무렇게나 그어진 자글한 주름 속에
부끄러운 과거가 보인다 마음속까지 보여
얼굴에 주름이 없으면 좋겠다고
생각하다가 멈칫 놀란다

먼 데서 들려오는 소리
자세히 들여다보니
주름 속에 녹아 있는 긴 시간의
내력이 보이고 눈물도 보인다
그리움이 숨어 있고
손자 손녀의 키 높이가 진하게 그려져 있고
아들딸의 듬성한 흰머리에
고단한 무게가 보인다
텃밭 한 떼기 천수답 한 마지기 물려주지 못해
죄 같은 깊은 주름 위에 안개가 덮인다
거울도 흐려진다

>

보리밭 물결이 아무리 푸르고 장엄해도
일 년 내내 출렁거리고만 있다면 이건 큰일이다
시곗바늘이 멈추어 있으면 시계가 죽었다 한다
아, 나는 살아 있구나

손에 들었던 거울을 놓는다
벽에 걸려 있는 가족사진을 본다

삼양동 친구

현관문 번호가 생각나지 않아서
얼굴 인식 키로 바꾸었다는 친구
알츠하이머 치매라 한다

생명이 있는 것은 언제라도
지닌 것을 하나씩 내려놓아야 하는데
질병에 걸리는 시간만큼 지나야 낫는다 하는데
친구야, 목련꽃 피는 봄날을 몇 번이나 보았느냐

이슬비 내리는 날 삼양동 친구네 집을 찾아갔다
산을 무질러 세운 아파트 오르는 길
가로수에 기대어 허리를 폈다
숲속의 나무들과 새들은
사람의 물결에 송두리째 밀려갔겠지
나뭇잎에 묻어 있던 빗물이 떨어진다

어릴 적 이슬비 내리던 날

빗방울 또르르 구르는 토란잎 우산 쓰고 싶은데
토란잎 아직 어리고
잎새 위에 구르는 은구슬 바라보느라
옷 다 젖어도 우리는 좋았다
논우렁 잡아 팔면 색깔 고운 연필을 살 수 있다고
그해 봄 다 가도록 우리는 무논에 황새였다

친구야 꽃잎 감싸듯 우리 손잡으면
그때 토란잎에 구르던 은구슬 소리
무논에 춤추던 황새의 노래
목련꽃 피는 소리 들려오겠지

친구

잊을 수 없는 친구가 있다
참 조용하고 고운 친구다
금강 백사장을 걸으며 집안에 어려운 일이 많다고
걱정하는 친구를
어떻게 위로 할 줄 몰라
강물에 조약돌만 던졌다

눈이 오는 날에는 더욱 그립다
눈보라가 심하게 치고 발목까지 눈이 쌓이는
어느 날
20리 넘는 친구네 집을 찾아갔다
가는 동안 내내 눈이 왔다
하늘은 참으로 놀랍다
어떻게 저 많은 눈을 하얗게 내려서
산천을 덮을 수 있을까 생각했다
만약 저 많은 눈이 다른 색깔이라면
얼마나 무서울까 생각 해봤다

우리는 그날 밤이 새도록 이야기했고
친구는 의료 지원 없는
오지에서 나이팅게일의 꿈을 펴보겠다고 했다
어느 날 친구는 독일 가는 간호사 행렬에 끼였다
실반지 하나 끼워주고 돌아선 지 50년이 넘었다

친구가 그리워 별을 본다
저 하늘에는 넓은 길 좁은 길
골목길이 없어도 별들이 엉키지 않는다
새들은 떨어지는 일도 없는데
친구는 길을 잃었을까
눈보라 속에 찾아갔던 그곳을
다시 찾아갈 수 있을까

마을 입구에 몇백 년 되었다는 은행나무 있고
그곳을 지나 내려가면 친구네 집이 있었다
친구가 있는 곳에도 햇볕이 있겠지
내일 아침 이슬도 풀잎마다 고르게 앉겠지
친구가 그리운 밤이다

지금도 그립다

김장 항아리 덮은 짚방석에
눈이 쌓일 때쯤
세월은
온 세상 두루 돌아서 다시 온다
세월아
지난여름 땡볕에 잘 지냈느냐

돈을 부르며 달려가던 저들은
어디까지 가고 있더냐
욕심은 작아지더냐
담장 높은 집
대문은 두드려 보았느냐
곳간의 빗장은 어림도 없더냐

바람 소리에
잠들지 못하고 떨어진 꽃잎에는
지금도 눈물이 맺혀 있더냐

떨어진 꽃자리는 채울 것이 없어 비어 있고
그대로 그리움으로 남겨 두련다

흔들리는 풀섶이 걱정스러워
여태 거기 있는 꽃잎아
가진 자들의 땅덩어리가
아무리 넓어도 슬퍼하지 마라
햇볕은 따스하고
산천도 여전하다
가슴은 우리의 것

지금도 그리운 그대 꽃잎이여
못다 한 사랑은
그해 남겨 두었던
하얀 박꽃 잎에 전하노니
또다시 눈이 내릴 때
꽃 잎새 물젖은
엽서라도 보내주오

마음이 머무는 곳

지리산 밑에서 농사짓는 분이
채소 몇 가지를 보내왔다
보내준 분의 분주한 모습을 생각하며
봄의 시간이 짧고
빠르게 지나가는 이유를 알 것 같다
그래서 봄에는 꽃이 먼저 피고
잎새는 나중에 돋아나는 거라 한다
자연의 흐름은
한 번도 바뀌지 않았는데
내가 참으로 건성으로 살았구나
생각하니 이제야 흙이 보인다
사람들의 발밑에서 아픔을 견디며
그렇게 많은 것을 품고 살았구나
나는 아무것도 모르고 살았구나
나의 모자란 내면을 흙냄새로 채우며
흙의 마음을 알아 간다

나의 여름

내가 자란 시골에 여름이 오면
과일 익어가는 소리가 들린다
뒤 울 안에 앵두가 익기 시작하면 살구가 익고
열매마다 익어간다
탱자가 익어가는 늦여름에는
송두리째 향내를 뿜는다
나는 그렇게 향기로운 곳에서 자랐다

과수원의 나무들은 봄에 꽃 피고
여름에 어김없이 열매가 익어간다
오직 땡볕이고 비바람뿐이다

콩밭의 열무는 연하고 맛있다
울타리 속에 끼인 구기자도 빨간 물 들이기 바쁘고
풀도 꽃도 나무도 모두 바쁘다

바람이 불면 열매가 떨어질까 봐 품에 안고

바람 따라서 나무는 흔든다

오늘도 어릴 적 마을의 냄새가 난다
과수원의 열매 익어가는 소리도 들린다
밤새도록 이렇게 많은 비가 내리면 하늘의 별들은
어디에 숨어 있을까
별이 되어버린 그에 대한 연민을 느낀다
빗소리 들으면서 치매 예방 그림책에 색칠을 한다
하늘의 별들이 하나둘씩 내려와 나의
그림 속에 비를 피한다
별이 빛나는 여름이다
별과 함께 이 여름을 보낼 것이다

오늘

마을버스를 기다리며
하늘을 보았다

겨우내 불던 바람 봄이 되어
구름을 마중한다

마을버스 안에서 할머니들
허리 아프고
다리 아프고
밥보다 약을 많이 먹는다 한다

나도 속으로 먹는 약을 세어보았다
일곱 알이다

언제인가 가을에
책갈피에 끼워둔
은행잎은

아직도 소녀인데
가는 곳마다
왕언니가 되었다

제3부

꽃이 피는 언덕

꽃이 피는 언덕

서편 산 넘을 때
살며시 건네주던 당신의 편지에
마음이라고 쓰여 있었습니다

그 무슨 뜻인지 왜 모르겠어요
그래도 잠을 이루지 못해 뒤척였습니다
사랑한다는 말일까
꽃 같다는 말일까
새벽 첫닭이 울면
온 동네 닭이 따라 울던 그 시간까지
건넛마을 절집에서 석목탁 소리 들릴 때까지
그 봄 다하도록 잠 못 이루었습니다

건봉산에서는 별빛에도
손이 시렵다던 그대여
이제 내가 하얀 종이 위에
눈물이라고 답장을 씁니다

＞

잠 못 이루던 그 사랑이

눈물이 되었다는 소리입니다

꿈속에서만 볼 수 있는 당신을 위해

잠이 들면 어느새 그 언덕에 와 있습니다

풀잎에 맺혀 있는 것은

이슬이 아니고

감추었던 나의 눈물입니다

능소화

이사 다니며 살 때도 그랬고 당신이 머물러 살던 곳
에는 언제나 능소화꽃이 피었지요 어느 해에는 비
치파라솔 헝겊을 다 떼어내 우산살만 세워 우산 따
라 꽃이 피는 꽃우산을 만들었지요 지나가는 사람들
예쁘다고 하면 묻지도 않은 설명을 하고 공연히 작
은 화분들을 이리저리 옮겨서 자리를 바꿔놓고 다
망가져 가는 등나무 의자도 옮겨 놓고 능소화 옆에
서 떠날 줄 모르던 당신에게 능소화 소식을 전합니
다 새벽쯤에는 기울어 가는 달님도 살짝 내려와 주
인 잃은 등나무에 앉아 쉬었다 가곤 하지요 빛깔 좋
은 능소화꽃을 보고 지나가던 소나기도 내려와 등나
무 의자에서 쉬었다 갑니다. 반짝 빛나는 햇볕을 주
고 가지요

이제는 등나무 의자도 없고 옆에 있던 바둑판도 없
고 작은 화분들도 모두 없어요 그래도 꽃우산은 눈
물이 만들어낸 진주가 되어서 피었습니다 누군가 찾

아올 것 같아서 차마 시들지 못하고 늦여름까지 피어 있더니 이젠 꽃잎도 우아한 날개를 접었습니다

이제 곧 산들바람 부는 가을이고 귀뚜라미 한번 울고 낙엽 한번 구르면 눈 내리는 겨울이 오겠지요 행여 어느 날 꿈속에 당신이 집에 올까 능소화꽃을 오려서 크리스마스트리에 매달았습니다 읽다가 펼쳐놓은 책도 트리 밑에 놓아두었고요

꽃잎이 질 때는 슬퍼요
다시 꽃이 필 때는 옆에 있을게요

단축 번호 1번

김포에서 서울로 이사했다
살기 편하고
창문 밖에는 화단 가득 꽃이 핀다
연분홍색 등불같이 조롱조롱 매달린
꽃 이름 궁금하다가
꽃 이름 잘 아는 그이가 생각난다
뒤돌아볼 틈 없이 떠난 그이
꿈속에서라도 이사한 집 찾지 못할까 봐
전화를 해야 한다

그날 후로 한 번도 눌러 본 일 없는
내 휴대전화 단축 번호 1번
전화번호는 지워지지 않았는데 손이 떨린다
모르는 누가 전화를 받을까 무서워 누를 수가 없다

유리병에 고운 단풍잎 담고 색깔 고운
돌을 담아서 만든 취침등도 잊지 않고

잘 가지고 왔다고 말해줘야 하는데
번호 1번 누를 수가 없다
단축 번호 1번 지우지 않고 단념하지 못 해도
밤마다 단풍잎 홀로 불붙는다
유언 없음 채무 없음 사인 심정지
순간에 세상을 바꾸어 버린 그이를 부를 길 없다

나 이제 물든 잎 한 장 무거워
풀잎 같은 인생 돌아본다

오후의 명상

화사한 봄볕이 베란다에 가득하다
손대지 못한 화분들이 아무렇게나 놓여 있다
군자란에 꽃이 피면 교회로 가져가고
다른 화분들은 버려야지 생각하면서
나무 의자에 앉았다
꽃을 좋아하던 그이의 손자국이 화분마다 보인다
면장갑 끼고 분갈이하던 모습도 보이고
봄볕에 묻어오는 그리움이 마음을 어지럽힌다
나를 가장 많이 울렸고 슬프게 했고 힘들게 했는데
오래된 화분만 보아도 생각이 난다

입이 헐어도 꽁지가 빠져도 진흙 물어와 집 짓는
새들마냥 나는 땀도 눈물도 흘렸다
낮은 것도 내 것으로 만들려고 밤낮없이 싸웠다
보잘것없는 것에 매달린 세월이 나를 너무 작게
만들어 놓았다 억세고 바쁘게 살았다
힘이 들고 어려워서

조물주가 사람을 흙으로 빚은 토기장이라면
나를 다시 만들어 달라고 했다 조물주가 말했다
천체 속의 티끌도 다 기억한다고
사람들 아픔의 깊이는 받은 사랑의
두께라고 대답했다

화분에 꽃은 올봄에도 다시 피겠지

그대 내 심장의 눈금

지난밤 달맞이꽃 피었어도
흐린 눈 때문에 향내만 맡았다
날개를 펼치면 체온이 내려갈까 혈압이 내려갈까
나는 날지 못하는 새
비상하는 꿈의 나래를 접었다

굽어진 허리 협착 되찾을 수 없는 무릎 연골
길을 가다가 힘들면
가로수에 기대어 구름을 본다
익은 은행알 내뿜는 향기 공격을 받으면서
나는 막무가내로 나무에 기댄다
동네 가로수는 온통 내 지문

내 몸에 붙어 있는 내 심장의 안부를
젊은 의사에게 물어본다
'승모 폐쇄 부전증 심방세동 부정맥'
불청객들이 내 심방에 들어와 15년 넘게 살면서도

심통을 부리면 나는 생명의 눈금을 세어야 한다
위기를 느끼는 소나무는 솔방울을 많이 만들고
흔들리는 대추나무에는 대추가 많이 열린다는데
그래서 염소를 대추나무에 매어 놓는다고 한다

나의 솔방울과 대추는 나를 업고 걷는다
솔 향기 대추 향내 온몸에 젖어 들고
두 손을 모으면 나의 하나님이 보인다
내 작은 몸 성한 곳 없어도 모은 손 풀지 않는다

그대 심장은 내 생명의 눈금

엽서

가을밤 섬돌에서는
풀벌레만 우는 줄 알았는데
달 보며 나도 웁니다
깊어가는 가을밤
기러기만 우는 줄 알았더니
그 노래 부르며 내가 웁니다

그대인가
문 열어보니
봄바람이 부네요
살구꽃 향기 따라갔더니
보리밭에 종달새 햇살 속에 날고
능소화 되어 바라보는데
서릿바람에 갈잎 떨어집니다
잎 떨어진 나무에 눈이 쌓이면
나는 또 슬플 거예요
뜨락에 서서 어깨에 쌓인 눈

터는 줄 알았는데
창문에 어리는 나뭇가지 저 그림자
첫눈 올 때 찾아오던 사람 생각납니다

살구꽃 필 때 사랑이던 소년은
젖은 별 되어 나뭇가지 사이로 보입니다
가까이 있어 좋은 줄도 그리운 줄도 모르고
너무 먼 곳에 닿을 수 없어 엽서 보냅니다

벌초

지난밤 꿈에도 이 언덕에 왔다
깨어보니 뜰 안에 벌레 소리 가득하고
깨어난 꿈 다시 꾸고 싶어 눈 감았는데
베갯잇 젖었네

타작마당에서 바쁘게 돌던
풍구 바람만큼이나 휘젓고 살았어도
늙은 호박 하나 앉을만한 내 땅이 없어
가을 쏟아지는 하늘을 본다

큰집 뒤뜰에는 까치들의 먹거리가 익어가고
언덕길 잡초 속에 끼인 산국화는
그이의 숨결에 젖어 슬픈 가을이 되어 간다

억새 풀은 뻣뻣한 목을 치켜세우고
풀잎들 날카로워 손 베일 것 같고
논산평야 넓은 들 내려다보이는

그대 곁에 누울 날 멀지 않았구나

절골 뒷산에 손바닥만 한
매지구름 넘어온다

자화상

캄캄한 밤 학교 운동장에서
별자리 가르쳐주시던
선생님이 그립다는 편지가 왔다

같이 늙어가는 제자인데
가끔 편지를 보내온다

제자의 편지를 읽는데
왜 그이가 생각날까

별이 있던 시골길
손잡고 걷던 당신은
ROTC 소위였고
향로봉, 건봉산에는
천지가 눈으로 덮였는데도
밤하늘의 별은
여전히 빛이 난다고 했다

\>

세월이 많이도 지났구나
세상일
날마다 넘어야 하는 고개
굽어진 허리
이마에 주름

조금만 참으면 호강시켜준다 해놓고
하늘의 별을 따러 간
당신 앞에
꽃 한 송이 놓는다
달빛 질 때까지
슬픈 추억

토요일 그날

긴 그림자 해 질 녘
소를 몰던 소년은
어느새 제복 입은 육군 소위였습니다

봉숭아 물들인
손톱이 다 자라기 전 휴가 온다 해서
손톱을 들여다보며 기다리는
내 속에서 피는 꽃은 참 고왔습니다

백년해로하자더니
새벽길 좁은 길
길도 많은데 먼 길로 혼자 갔습니다
품은 것 없었으니
가벼운 몸 날아서 편히 가도 됩니다

토요일 그날
독립유공자 포상자 명단에 선친 이름

올해에도 없다고 억장이 무너진다 했습니다
나라가 외면하는 것 억울해서
눈물이 난다고 했습니다
끝내 이기지 못하고 쓰러진 당신은
다시는 일어나지 못했습니다
그래도 그분은
당신과 내 맘속에 새겨진
독립유공자이십니다

고생하시는 아버지 뒤로하고
험한 길 택하신
진정한 유공자이십니다

내가 이슬이라면
당신의 마음에 내려 눈물이 되어주고
반딧불이라면
당신 마음에 등불이 되고 싶습니다

당신은 언제나
창밖에 보이는 저 구름과 저 새들을
함께 바라보고 싶은 사람입니다

산책로 명상

낮설고 길 설은 동네에서 혼자 걷는 것은
슬프고 외롭다
산책로 양쪽에 늘어선 나무들을 보면
작년에 피었던 꽃이 그대로 피어 있다
옆에 있는 꽃보다 예쁘지 않아도
다른 꽃으로 피어나지 않는다
하늘의 소리와 땅의 소리에 귀 기울이다가
때가 되면 일어나는 것이다
땅바닥에 붙어 있는 작은 풀들도
훤칠한 꽃으로 바꾸어서 살아가지 않는다

잊을 만큼 세월 지났어도
아직도 내 마음속에 있는 당신
길을 가다가도 당신 연배의 사람들을 볼 때나
당신 닮은 사람을 볼 때면 깜짝 놀란다

꽃으로 덮인 것처럼 노을이 고운 날

노을 너머 저쪽 동네에

당신이 살고 있을 것 같아서

오랫동안 바라본다

아직도 꿈을 꾼다

수첩 속에 있던 많은 이름
그들은 모두 그대를 잊었어도
집에 들어오는 것 잊고
밤늦도록 함께했던 사람들
모두 그대를 잊었어도
나 그대가 잊힐까 봐
눈 감고 긴 꿈을 꾼다

그 봄 피었던 꽃잎
다 떨어질 때까지
능소화 피어 지지 않고
솔 향기 넘어와도 아직은 여름날
무서리 깊어지는 가을밤
함박눈 내려 세상이 하얀 날 모두
그대 그립다

외투 벗어 눈을 털며 뜨락에 서던 이

어디로 갔을까 창밖을 본다

한 줌 재가 되어 한생을 맺는 것

보았는데도 나 혼자 잘 사는 것에 놀란다

해가 질 무렵엔 지금도 시계를 본다

그 사람 잊힌 사람

공주 봉황산에 널려 있는
토실한 알밤 주워서
고등학교 시절 나의 자취방을 빙빙 돌다가
문 앞에 살짝 놓고 도망가듯 달아난
검정 교복 그 남학생을
나는 아득히 잊었다

공주의 시간이 흐르고
봄날 지나고 갈잎 떨어지고
그는 제복을 입은 육군 소위가 되었다

비탈길 아래 묵은 쑥 향기 진한 동네
방죽길 지나서 우리 집을 찾아왔다
우리 할머니 불호령에 뒷걸음쳤다는
검정 교복 남학생의 추억담

20년은 지났을 즈음

영등포역 앞 횡단보도에서 마주친 그

옛 모습 변했는데도 순간 마주 섰다

기워진 삶의 골 깊은 흔적

중년 가장의 무거운 어깨가 보였다

각진 제복은 어떻게 됐느냐 묻지 못했다

대답이 필요 없는 공주 금강물 이야기만 했다

창문 밖 낮달을 보고 있는데도

쓴 커피 힘들게 마시는 것 보인다

한때 저 가슴을 흔들고 여기까지 왔구나

화곡동 산다고 했다

지금도 화곡동 지날 때는 두리번거린다

잊었던 그 사람

오늘 내 마음속에 다녀간다

마지막 이사

도회지 살림살이
솥단지 끌어안고 돌아서 어디까지일까
돌고 도는 사람들
업은 아이 울까 발 구르고
나는 새들도 사람 눈치 보는
시멘트벽 하나 막아 놓고
건넛방 같은데 이웃집
마루 끝 댓돌보다 가까운데 옆집 되어 산다

어릴 적 고향 동네
이사 다니는 집은 없었다
태어난 그 집에서 자라고 학교 다니고
삼촌도 조카도 태어난 그 집에서 장가가고
할머니 돌아가시고 대대로 그 집

탱자꽃 하얀 날 꽃잎 같은 흰나비
봄볕에 고요한 내 고향 오후

도라지꽃 보랏빛 그림자 그 아름다운 고향
생각할 겨를 없이 떠다니는 구름이었다

인생 마지막 이사 일손 놓고 밭에서 집으로
그리고 관 속으로 순서가 있다던데
그이는 급하게 익스프레스 이사하더니
온기 없는 땅속에 홀로 누웠다
땅을 흔들어 깨우고 싶다
세상에 나는 없고 보이는 것 모두가 자연
내가 지금 흙이어라

불붙는 단풍 이불 철 따라 하얀 솜이불
지난밤 불던 바람 연두색 수를 놓아
어느새 푸른 대지
마지막 이사한 집 위로 태양은 솟고

제4부

할머니의 방

일러스트 : 남정호

할머니의 방

할머니 방에는 겨우내 화롯불이 있었다
토란, 고구마, 밤을 물 묻은 종이에 싸서 구우셨다
동생과 나는 화롯가에 앉아 기다렸다

커다란 돌은 피해 다닐 수 있지만
발부리에 걸리는 작은 돌을 조심하라시며
화롯불 다독이시던 할머니
배가 고파도 먹으면 안 되는 밥
가슴이 고민할 때 지켜야 하는 것
알아들을 수 없는 말이었는데 아직
잊지 않았다

할머니 방은 크고 꽃무늬 장판이 예뻤다
벽장 속에는 할머니 상비약 뇌신이 있고
눈물자국 있는 성경이 있었다
큰 상자 안에 있던
족두리 용비녀 할아버지의 관복…

어디로 갔는지 모르고 물어볼 사람 아무도 없다
벽장 한쪽에
어머니가 교회 갈 때만 쓰는 벚꽃 무늬 양산
그 양산이 써보고 싶어
비 오는 날 몰래 쓰고 나갔다가 야단맞는데
"그게 뭐 그리 중하다고 그러느냐"
편들어주시던 할머니

그때도 모르고 지금도 모르는 할머니의 중한 것은
벽에 걸려 있는 겟세마네 동산의 예수 사진
배반한 제자들이 잠을 자도 기도하는 예수 사진

지금도 내 맘속 할머니의 화롯불은 꺼지지 않았다
방 안 가득했던 꽃들도 시들지 않았다

소금꽃

그때
변두리 반지하 방에 살고 있었다
팔십을 막 넘기신 친정어머니를 모셔 와야 했고
밥도 빨래도 살림살이도 모두
어머니 몫이 되어버렸다

시골 계시는 시어머님
동네 마실 가시다가 넘어지셨는데
골다공증으로 병원 신세 육 개월
퇴원하라 등 떠밀려도
시골 형님 농사일로 바쁘시고
손아래 동서 직장 다니고
나는 교회 전도사
전도사도 월급 받고 일하는데…

작은 나무여도 기댈 수만 있으면
곤한 자들이 기댈 수 있는 나무가 된다면…

시어머님을 모셔 왔다

팔십 넘은 사돈끼리
한집에 계신다
시어머님은 대소변 처리 못 하신다

친정어머니
사돈 뒷바라지까지 하시니
남편은 몸 둘 바를 몰라
어정걸음
행여 작은 돌멩이에 상처 날까 나는 조바심

내 살림 팍팍해도 좋다
울며 껴안는다
꽃잎이여 떨어지지 마라

억세고 뻣뻣한 것들
잠재우는 소금이 되어서
어느새 나는
소금꽃이 되었다

나를 슬프게 하는 것들

아버지를 본 기억이 별로 없다 그래서 늘 그립다 살
구꽃 잎이 눈처럼 날리던 어느 봄날 검정 두루마기
를 입으시고 어디인지를 가시던 생각이 난다 살구도
익고 담장 앞 포도도 익고 뒤 울 안에 감도 익었다 안
산 언덕에 억새 풀 솜꽃도 날린다

밤새도록 눈이 쌓이는 겨울이 지나고 다시 살구꽃은
피고 또 살구가 익었다 그렇게 솜꽃 날리고 눈이 오
는 동안 아버지가 어디 계신지 아는 사람이 없었다
일본에 유학을 가신 할아버지는 아편 환자가 되어
돌아오셨고 논밭이 많은 부자였던 집안이 쇠한 속에
서 나는 자랐다 요즘 TV에 나오는 진품 명품 속의 물
건들 비슷한 것들이 우리 집에는 많았다 얼핏 보아
도 귀할 것 같은 호리병은 부뚜막에 식초병이 되었
고 작은 것들은 마루 밑에서 굴러다녔다

용비녀 혼례복 누구 작품인지 모르는 괘도는 동생

126

의 표딱지로 접혀서 동네 대장 노릇을 했고 좋은 병
풍도 있었고 큰 자물통이 달린 쇠 궤짝에는 가죽끈
으로 맨 책들이 꽉 들어 있었고 그것이 무엇인지 모
르고 어떻게 없어졌는지도 모른다 옥으로 만든 연적
으로 소꿉놀이했고 상아 마자도 짝없이 돌아다녔다

할머니는 새벽마다 기도를 하셨다 수행하는 마음을
담고 기다림을 지나 슬픔을 넘어 무엇이 소유인지
알기 위해 오릿길이 넘는 새벽을 걸으셨다 오늘 비
가 오는데 내일 청명한 하늘이 되는 이치를 알 것 같
다 세상의 모든 것이 세월 따라 변한다 하는데 슬픈
것들은 내 삶의 깊은 속에 자리를 잡고 있다

어머니 손

덩치 큰 살림살이
여자들만 산다고
일하는 아저씨들 소홀할까 봐
물 댄 논 둘러보고 논두렁 더듬어 물꼬 트는 손
거북 등처럼 갈라진 어머니 손

일꾼 아저씨들
모내기 김매기 피사리
고생했노라 막걸리에 고추장떡
백중날 옷 한 벌씩
닭 잡고 용돈 넣어 신식 담배 아리랑
후덕한 어머니 손

콩깍지 팥깍지 털고
들깨 참깨 기름 짜고
가을걷이 아직 멀었는데
찬바람에 된서리 내릴라

다듬잇방망이 몇 날 며칠 두드려서
할머니 비단 두루마기 명주이불 솜씨 좋은 손

넓은 들 눈부신 풀밭
억센 놈들에게 밀려서
뜰 안에서만 섬돌에서만
밤새도록 울어대는 귀뚜라미 소리 들으며
집 나간 그이가 살아 있기만 기도하는 손

기다림마저 놓아야 하는
어머니 손
구름 위에 하늘나라

복숭아밭

건넛마을 양 장로님네 복숭아밭을 지나오면
팔다리 여러 곳에 두드러기가 났다
왕고모는
나를 부뚜막에 올려놓고
부엌 빗자루로 쓸어내렸다
왕고모의 치료가 용했는지
조금 기다리면 두드러기가 다 없어졌다

교회 작은 언니들이
복숭아 서리를 하면서
복숭아 한 개 줄 테니까 망을 보라 했다
단물이 떨어지는 복숭아를 생각하며
몸을 오그리고 앉아 있었다
바스락 바람이 불면 놀라서
몸은 더 쪼그라들었다
복숭아밭 구석에 세워 놓은 허수아비가
춤을 출 때는 놀라서 얼마나 정신없이

도망을 쳤는지
신발 한 짝을 신은 채 방 안으로 뛰어 들어갔다
할머니는 놀란 가슴을 쓸어주면서
도깨비 이야기를 해주셨다

나는 아무 말도 안 했는데
복숭아밭에 갔던 것을
할머니는 알고 계셨다

뒤돌아보며

논산역 울타리를 덮은 덩쿨장미꽃이 붉다
붉은 장미꽃을 뒤로 밀어내면서
달리는 기차를 타고 서울로 왔다
캐나다에 살고 있는 둘째 딸이
아버지 산소에 꽃 한 송이 놓고
나도 그 옆에 사연 하나 놓았다
산에 있는 나무를 다 감고도 남을 만큼
긴 나이테 길이 사연
외로움 자욱한 그곳을 뒤돌아보며
서울로 왔다

차창 밖 하늘에 별 하나씩 떠오른다
팔십 넘은 나이에도 별이 있어서 소녀가 된다
묘지 옆에서 들리던 새소리가 별빛 따라오고
거기 불던 바람도 스친다

정거장 대합실에서 보따리를 안고

고개를 숙이고 있던 사람 졸고 있던 사람

큰 소리로 전화하며 설레던 사람

모두 다 안고 기차는 달린다

철길은 무겁지 않을까

침목 밑에 작은 놀멩이들은 날마다 밟힌다

긴 철길 두 줄 나란히 있어도 날마다 혼자다

가까이 있어도 손잡을 수 없는

날마다 한 줄이다

달빛 아래

달빛 아래 살구꽃 환한데
할머니는 왜 장명등 밝혀 마루 끝에 다는 걸까
돌아오지 않은 아들 어두워 집 못 찾을세라
먼 데서도 불 밝혀 기다리는 마음 보이라고
저 불 밝히시는가

할머니가 평생 의지하던 친척
의리 있어 좋은 사람이라 믿고
재산 맡기고 의지했는데
어느 날 배신의 웃음 지을 때
우리 식구는 울었다
동구 밖 솟대 위에 앉은 나무 새도 울었고
초가지붕 삭아서 버섯 돋는 헛간채에
하얀 박꽃도 무서리에 젖으며 울었다

돋보기 흘러 내리며 읽는 성경
어느 대목 어느 구절일까

펼쳐진 책 눈물 자국 있네

새벽닭 홰치는 시각 아직 멀었는데

할머니는 버선을 신는다

할머니 그늘에 그 많던 사람

재물과 함께 다 떠나고

달빛 아래 홀로 걷는 새벽 예배당 길

고향의 가을

고향 하늘에 날던
고추잠자리는 어딜 가고
영선사에 빛바랜 벽화만 남았네
백 년은 걸어야 대꽃 마을인데
그림 속 희미한 노인은 얼마나 걸었을까
그 크신 깨달음을 넘어
바위산 쪽으로 걸어가는 노인
노인 밤길 밝혀주는 달님
내일 다시 오리라 달 기우네

별들이 무더기로 쏟아져 앉는 메밀밭
비탈진 황톳길 아래 지금은 빈 땅
그래도 메밀꽃 향기 남아 있는 동네
눈물 나도록 보고 싶은 사람 만날 수 있는 곳
나만 알고 있는 그대 마음
칸칸이 비어 있는 속 다 채우지 못하고
마디마디 매듭지으며 대나무처럼 살다 간 그이

나 여기 와도 일어나지 못하고
꿈속에서 만난다

언덕 오르는 길에 가꾸지 않아도 피어나는 산국화
보라색 맑은 이슬은 그대의 눈물
동산에 풀잎 하나까지 그대의 벗님
한없이 정겹다
인적은 없고 그 너머 산으로 가는
그림 속 노인만 있는 곳

고향의 가을

가을과 함께 떠나는

가을걷이 마무리되면 이사 가는데도
할머니는 볕 잘 드는 평상 위에
먹을 수도 없는 탱자를 말린다
한입 가득 떫은 세월 보내고
말랑하게 잘 익은 감은 까치밥으로 남기고
곡식 한 알에 여든여덟 번씩 손이 가야 한다고
혼잣말하신다

할머니 그늘에 한집 식구 되어 살던
옥자네 먼저 살림 내어주던 날
옥자 어멈 보따리 이고 서서 울던 마당가
그날도 꽃은 피었고 하얀 박꽃 피었지
도둑도 아까워서 안 가져간다는 볍씨를
옥자 아범 지게 위에 올리고
할머니의 평생을 올리고
옥자 아범 지게 위에서 싹이 나고 파란 싹이 나고
행랑채 지붕은 삭아서 버섯 나고

\>

솟대 위에 나무 새 울고

무서리에 못다 핀 목화송이 위에도

까치 앉은 돌장승 머리 위로 해 뜨는 동네

모두 뒤에 두고 떫은 도회지로 이사 간다

어머니의 세월

이월 꽃보다
시월 단풍이
더 곱다고 말한 사람 있다
물이 들어서 슬픈 단풍
떨어져도 좋은 날
이별처럼 내려앉는다

망해버린 살림살이
일어서는 꿈을 꾸며
파산의 찌꺼기를 씻어내는 바쁜 날들

하늘은 가혹했다
스물여섯에 혼자 되어
베갯잇 적실 틈도 없이
자식만은 잘 키워보리라 몸부림치며
논밭으로 헤매며 땡볕 아래 기계처럼 살았다
불혹의 아들 하늘의 품으로 보내는

아픈 가슴에 찬바람

갈수록 원통해도 놀라지 않으리라

세상이 외면해도 그냥 두어라 흔들리지 않는다

행여 마른 풀잎 한이 되어서 쓰러질까

말라버린 가랑잎 되어 날아갈까

할머니 기도가 지킨다

도대체 어머니는 언제 울었을까

목 놓아 한 번 울어라도 볼 일이지

이월 매화가 아흔 번 피었고

가을 단풍이 아흔 번 물드는 동안

아버지하고 살아온 시간이 3년쯤

그 세월 세지 말자

그렇게 서러워도

눈 한번 까딱하지 않았다

어머니가 기다리던 내일

여학교 시절 방 하나에서 네 명이 자취를 했다 학교 갔다 오면 우리 부엌은 황토 부뚜막이 반들거리도록 맥질해져 있었다 잘 말린 갈치토막은 조그마한 항아리에 담겨 있었고 깻잎장아찌 콩장 멸치무침이 있고 된장찌개는 불만 때면 금방 먹을 수 있게 준비되어 있었다 우리 엄마가 다녀간 것을 친구들은 모두 안다 집안일도 바쁘신 분이 가끔 그렇게 하셨다 버스 타고 오가는 시간이 꽤 걸리는 거리인데도 그렇게 하셨다

친구 하나는 아버지가 한의사셨고 또 한 친구 아버지는 초등학교 교장 선생님이셨다 한 명은 우리 엄마의 사촌 동생이었다 농사일 많으신 우리 엄마보다 친구들 엄마는 바쁘지 않으셨다 그 엄마들은 반찬은 보내주지 않으셨고 돈으로 생활비를 주었다 한 친구는 집에 갔다 오는 길에 버스에서 돈을 잃어버려서 그냥 지내는 일도 있었다 말을 잘못하면 옹졸

하고 야박할 것 같아서 아무렇지도 않은 척 괜찮은
척했다

>

나이테가 감겨 어른이 되어서도 나는 그런 식으로
살았다 위선을 떤 대신 많은 손해를 감수해야 한다
많은 것을 잃으면서 말 못 하고 살아왔다 손해를 만
회해서 거두어들일 때까지는 또다시 나이테가 몇 번
씩 감기는 세월이 필요했다 옳은 일 했는데 손해를
보면 하나님이 갚아 주신다고 들어왔다 하나님은 한
번도 갚아 주신 일 없고 아는 척도 않으셨다. 힘들
게 사는 것을 구경만 하셨다 앞으로도 구경만 하실
것 같다

우리 어머니는 내일을 좋아하셨다 날마다가 어제의
내일이 되어서 살아온 팔십이다 부뚜막을 맨손으로
쓰다듬어 맥질하시던 그 어머니의 흉내도 못 내면서
살았는데 팔십이 되었다 어머니가 기다리던 내일을
지금 내가 기다린다

나의 슬픈 이야기

우리 아버지는 무덤도 제단도 없다 무덤 앞에 꽃 한 송이 놓아 보고 싶다 나의 어릴 적 기억은 말을 함부로 하면 잡혀간다 해서 늘 조심스러웠고 나의 어린 영혼은 혼란스러웠다 그래서 그런지 아버지에 대해서는 아는 것이 없다 허울 좋게 나라 걱정하고 완장 차던 사람들 변절자로 사는 사람들 등 따습고 배부르고 가십거리라도 남겨져 있는데

아버지 당신이 숨 막힐 때까지 사랑한 것은 무엇이었나요 죽음하고 바꾸어야 하는데도 놓을 수 없었던 것은 무엇이고 망설이지 않고 걸어가신 그 길이 사뭇 궁금합니다 아버지의 삶은 횃불이 아니었습니다 아버지 내가 흘린 눈물보다 더 많이 보고 싶습니다

나의 어머니는 밤새 떨어지는 꽃잎 풀 벌레가 울어도 낙엽 구르는 소리만 들려도 지난밤 자잘한 꿈을 꾸어도 가슴이 덜컹하고 콧등이 찡하는 세월 억지로

매서운 척 치마폭을 여몄고 아무도 다가갈 수 없는 새벽달 전 생애를 다 바쳐 길러온 불혹의 아들 지병을 못 이겨 이 세상 이별하고 먼 곳 하늘로 갈 때도 흔들리는 모습 감추는 큰 바위 같은 어머니의 마지막 잎새마저 올 서리에 떨어지고 그 슬픈 생애 다하는 날까지 하늘에 기도를 올린다

하얀 눈꽃으로 대답한다

젖은 별

국민학교 3학년 때 운동회 날
손님 모시고 달리기를 하는데
내가 부르는 홍민 선생님은 그날 오시지 않았다
나는 발을 동동 구르며
큰 소리로 손님을 부르는데
아버지의 친구분이 뛰어나와
내 손을 잡고 운동장 한 바퀴를 돌았다
머리를 쓰다듬어 주면서
눈물이 글썽한 것을 보았다
왜인지 알 것 같았다

우리 아버지의 길이 험한 길이라 해도
감추고 싶지는 않다
아버지에 대해서 알고 싶은 것이 많아도
나는 저절로 벙어리가 되어서 자랐다
어머니는 알고 있었을까
맺혀 있는 것 많아도 가슴 열지 못하던

어머니가 보고 싶다

추운 날 밤 어머니의 눈물은 별이었다

뒤 울 안 우물 옆 배나무에는 젖은 별들이

걸려 있었다

배나무에 별들은 꽃이 되었다

잠 못 이루는 밤에만 피는 꽃이 되었다

아버지는 아침 이슬

깊은 밤에 먹을 갈아 붓을 들던 아버지
매화를 그리고 쟁기질하는 농부를 그리던 손
어찌 그 손에 주먹을 쥐었을까
누가 닦달을 했을까 내일은 어떻게 믿었을까

성당 마당에서 은행잎을 쓸던 이가 닮았다 하고
대둔산 굴속에서 싸리잎에 불을 지펴
밥을 짓던 이가 영락없다 하고
지금 용두레 우물가를 지나는가
말을 달려 해란강 강가를 지나실까

씨름대회 윷놀이 휩쓸어 받은 쌀가마니
마을에 내어주고
노래 잘하고 그림 잘 그리고 달리기 잘하던 한량
안개 자욱한 가시밭길로
돌부리 차이는 어두운 밤길을
눈을 감아도 잊으려 고개 저어도

이 땅을 살아가는 젊은이의 몸부림이었으리

돌아가야 할 고향 초록 바람 보리밭 향기
몇 번이 지났는가
그 바람에 실려 여기까지 왔는데
새 나라는 얼마나 더 가야 하는가

지난밤 불던 바람 문살에 어리는 나뭇가지 그림자
놀란 할머니 문 열고 뜰에 선다

아버지는 풀잎에 내린 아침 이슬

쓸쓸한 날의 기도

삶은 감자 하나를 들고도
어머니는 늘 공손히 기도했다
무엇이든지 때가 있는데
뒷골 봉천답에 아직 모내기를 못 했다고
비를 내려주시라고도 기도했다
어떤 날에는 오랫동안 기도했다 그럴 때는
어린 나는 몇 번씩 눈을 떴다가 감고
자리를 고쳐 앉아도 지루했다

밖에는 어느새 가을
헛간채 지붕 위 박꽃 혼자서 하얗다
왜 쓸쓸해 보일까 한참 바라보았다
어머니가 혼자여도 외롭지 않게 하시는 이가
뒷골 봉천답에 비를 내려주시는 그분이다
천수답에 비를 내리시는 이여
오늘 내가 어떤 잔재주로 실수를 한다면
내 머리를 지금보다 더

둔하고 더디게 하셔도 됩니다
내가 오늘 힘센 자를 만난다 해도 그것이
내 밥과 얽혀 있는 것이라 할지라도
허접한 촉수를 움직이지 않게 하시고 다만
우리 집에서 복지관까지 1km 걸을 수 있음이
오늘 받은 사랑의 분량임을 알기 원합니다

내게 주어진 축복

살구나무에 상고대 핀 아직은 추운 날
오늘도 찬바람 여전한데
우리 식구들은 내일 따뜻할 거라 한다

밤이 너무 길어도 내일 하늘이 흐려도
할 일 많은 이 땅에서
노둣돌이 된다 해도 길을 나선다
내일을 앞당겨 꿈꾸는 아버지
새 세상 마중 나간 뒤 돌아오지 않은 75년 세월
이슬처럼 짧은 아버지의 생애를 나는 슬퍼했다

다른 사람 때문에 마음이 아파야 한다니
마른 땅 비집고 피어나는 민들레를 닮으라 하고
어머니를 이렇게 가르친 성경이 싫었다
이상도 하다 나도 어머니 닮아간다

봄날이 추워도 살구꽃은 핀다고 내가

나에게 말하고 있었다
내 가슴속에 아버지의 깃발이 살아 있을 때까지는
어머니의 별이 빛나고 있을 때까지
내 밥을 배고픈 이와 함께 먹을 때까지

이 시대 사람들 다 고개 돌릴지라도
인간의 고통이 너무 미안해서 꽃길만 걷는
내세가 있다 없다 해도 나는 믿는다

사람들 다 고개 돌려도 축복으로 받는다

영정사진

지난해 여름
영정사진을 찍었다
그 무슨 바쁜 일이라고
서두느냐 했지만
어색한 시간 달래는 소리겠지

갑자기 일 당했는데
모자 눌러 쓰고 놀러 간
사진만 있어서 합성했더니
"아버지 얼굴이 영 아닌데요"
했잖아

팔고 사는 물건도 아닌
세월을 어찌 감당하겠느냐
여권 사진 한 장
찍은 폭인 걸
검색대 지날 때

통과 잘하면 되겠지

거기 가면
먼저 간 사람이 마중을 나온다던데
나 여섯 살 때
우리 아버지
내 얼굴 알아볼까

강산이 몇 바퀴 바뀌었어도
나는 우리 아버지 알 수 있다
저만치에 꽃나무 밑에 서 계셔도 나는 안다
밤새도록
비가 오고 바람 불어서
그 꽃잎 다 떨어진다 해도
꽃잎 흐르는
그 물결 거슬러 오르면
꽃 떨어진 나무 밑에
해같이 웃으며
별만큼 빛나는 이가
우리 아버지

기쁜 일도 만들어지는구나

아침에 일어나 보니 꽃들이 활짝 피어 있다 꽃망울을 터트리기 위해 밤새도록 얼마나 몸부림을 쳤을까 지난밤에는 많이 추웠는데 바람 불고 어두워도 아침이 오는 것을 꽃들은 알고 있었나 보다 이런 생각을 하면서 오늘 친구들과 모임이 있는 날이라서 부저런을 떨었다

친구들을 만나면 으레 만 원짜리 한 장을 내놓고 손자 손녀 자랑을 시작한다 일단 점심값을 최대한 모금하는 것이다 어느 정도 모여질 때까지 계속 만 원을 내놓고 이야길 한다 며느리 자랑은 이만 원이고 남편 자랑은 삼만 원이다

남편 자랑하는 친구는 아예 없고 간혹 얘기가 나오면 흉을 보고 무슨 원수하고 사는 것처럼 말한다 어쩌다 며느리 이야기하는 친구는 목소리가 커지고 눈물을 흘리기도 한다 사실 나는 며느리 자랑을 할 것

이 많다 그래도 눈물 닦는 친구가 마음이 쓰여서 대
강 얼버무려 이야기한다

며칠 전에는 며느리가 내 책상을 사 왔다 밝은 창가
에서 밖을 보면서 시 공부하라고 자리를 잡아 주고
갔다 책상이 없긴 하다 식탁에 컴퓨터 놓고 책을 읽
는데 불편해 보였난 보다 공부하는 학생도 아니고
방도 좁고 책상 없어도 불편한 것 하나도 없는데 책
상을 사 온 것이다 요즘 젊은 세대에는 보기 드물 정
도로 겉치장 안 하고 속도 깊고 심성이 곱다 그래서
나도 늘 고마워 소홀함 없이 잘하려고 노력한다 사
람들이 칭찬 많이 하고 친구들이 부러워한다

둥근 돌이 우연이겠는가 아픈 세월 스쳤고 욕심 버
리고 가벼워지는 연습도 세월만큼 했을 것이다 장독
대 돌 틈에 채송화도 저절로 피어나는 게 아니라 한
다 돌 틈 밑에서 잠을 자고 홀로서기 위해 새벽이슬
에 단장을 하고 아침을 맞는다

찾아오는 기쁜 날들을 계속해서 만들어 갈 것이다

캐나다에 있는 딸

세 식구 캐나다로 이사를 갔다
방금 초등학교 졸업했으니
혀도 안 꼬부라지는 말로
학교를 어떻게 다닐까
가진 돈 넉넉지 않고
어려울 텐데
살기 위해 산다는 말 생각난다

잘 있다고 국제전화 온다
은영이가 무슨 상 받았다고
장학금 받았다고
국제전화 또 온다

장학생으로 오타와대학
들어갔다고 한다
고생하는 것 다 사라졌을 것이다
나는 온 동네 나발을 불었다

>
보내오는 사진 배경이 제법
여유로워 보인다
유명 폭포이고
조각상 유명한 공원이고
이제 조금씩 마음이 놓인다

캐나다 살림 뜨거운 눈물 흘릴 때마다
빈 가슴에
그 넓은 땅의 찬바람이 지나갔을 것이고
그 슬픔 지나는 동안
나이테도 감겼고
할 일이 남아 있어
눈물을 닦고 다시 힘낼 때 많았을 것이다

햇빛이 강해서 그렇다고 하지만
그 얼굴에 기미가 덮은 것을 보면
힘들었던 생활이 보인다

사위가 더 고맙다
다달이 날짜 되면

자동으로 용돈이 온다

받고 나면 미안하고 고맙다

이제 들어와서 같이 살자 해도

뭘 먹고 사느냐 한다

은영이가 영국에서 벌어오는 돈으로

밥 먹으면 되잖느냐

해도

이제 겨우 따뜻한 밥을 먹는데

조금 더 있자 한다

나 죽기 전에 왔으면 싶고

여러 가지로 맘 아픈데

은영이가 공부를 더 해야 한다니

학사 석사 했으면 그만이지

뭘 더 한다고…

제5부

변할 수 없는 약속을 믿으며

변할 수 없는 약속을 믿으며

통일전망대에서 바라보면
임진강 건너에
어렸을 적 살던 마을이 보이고
살던 집이 희미하게 보인다는 그 아저씨는
기쁠 때나 슬플 때도
500원 안에 보이는 동네를 바라본다
억새밭 지나서 저쪽에 있는 곳
눈을 감아도 보이고
손을 뻗으면 사립문 열고
들어설 것 같은 집
모깃불 지피고 누어서
하늘의 별을 세다가 잠이 들던 그곳은
언제나 약속이고 고향이다

어느 명절에 아들 손잡고
전망대에 올랐는데
거기 있던 동네가 모두 없어져서

그 자리에 주저앉아 울었다고 했다
저 슬픈 강을 건너서 공중 나는 새들아
나 여기 잘 있다고 전해다오

아픔은 깊이 묻어놓고
변할 수 없는 약속을 믿으며 돌아선다
가을비가 되어 버린 그의 눈물이
자유로 길을 적신다

돌아온 4월

– 4.19를 생각하며

우리 동네 이장님의 완장 속에는
그 놀라운 힘 여전히 살아 있고
선거 때 돌리던 고무신도 아직 남아 있다
사슴을 보고 말이라 해도 입 다물고 살아간다

진달래꽃 붉게 핀 4월
지금 막 여학교에 입학한 우리는 꿈에 부풀었다
그 부푼 꿈 접어야 하고
읽고 있던 시집은 내려놓았다
라일락 그늘에서 벌판으로 갔다
벌판에서 힘 있는 노래를 불렀다

사람들은 모두 몽둥이가 가리키는 쪽으로
기울어져 살아가고 있었다
이렇게 기울어져 살아갈 것인가
우리는 무서워하지 않고

모두 일어섰다
일어선 자들의 무덤에 슬픈 꽃 피었다

아픔에 젖은 붉은 꽃들이여
붉게 붉게 피인 꽃들이여 피어나자
4월에는 그대들을 위하여 노래한다
아픈 가슴 위해 기도한다
빛나는 꿈의 계절 돌아온 4월에

북한산에서 보이는 5월

나를 보고 반가워하는가 했더니
새들끼리만 알아듣는 이야기를 한다
나는 알아듣지 못해도 귀 기울인다

북한산 오르는 길
가로수마다 전봇대마다
길 따라 부처님 등불 켜고
소원 걸고 자비를 빌어
어두운 땅 측은지심 불 밝혀준
넉넉한 그 품에 들고 싶어라

북한산 오르니 5월 광주가 보여
꽃잎 떨어지고 나비 날개 접고
바람도 가던 길 멈추고
천지간 밝은 대낮에
가장 슬픈 마당 보인다

>

5월 북한산 오르면

봉화 마을 큰 바위 낮은 돌 보이고

검은 물결 속 하얀 국화

지금도 연민 속 아직 농부

오래 알 수 없는 길 보인다

푸른 산이여

이 산은 저절로 깊어진 골일까

아니면 내가 모르는 험한 길을 지났을까

무거워진 푸른 점 하나

5월

불사조의 겨울 꿈

곰나루에 나룻배 겨우내 얼어 있고
낡은 페달 밟는 풍금 소리 금강 물결로 흐를 때
우리는 불사조의 날개라 노래 부르며
안면도 작은 동네로 문맹 퇴치 나간다

밤새 내린 폭설에 길은 보이지 않고
산꿩 지나간 발자국 따라서
겨울 방학 숙제하러 간다
섬마을 사람들 글 읽는 소리
바다에 차오르는 꿈을 꾼다
섬마을 아낙들 새우젓 조개젓이고 육지로 나간다
몸뻬 사고 설탕 사고 파마하고
이틀이 걸릴지 열흘이 걸릴지 모른다며 떠났다
"글자는 몰라도 되니까 예서 푹 쉬었다 가시게"
섬마을 하나를 통째로 넘겨주고 가는 저들은
만발한 수국이다

>

바닷가 모래알은 모두 별이다

군불 땐 사랑방 고구마 향기 꽉 찬 세상

방학 숙제 일지 모두 빈칸

빈칸마다 서리 앉은 솔방울 하나씩

살얼음 반짝이는 조약돌 하나씩 담는다

길 위에 쓰는 역사

비야 오지 마라
오늘도 걸어야 하는 사람들
젖어도 걸어야 하는 이들 있으니
마음마저 젖을라
목이 아파도 소리를 질러야 하는 이들
마음조차 아플라
등불 꺼질라

창문을 열면 보인다
창문 밖에 별들이 있다
자본에 질려 차라리 별이 되어
배가 고파 이슬 먹는 별이 되어서
밤하늘에서 운다
소리를 한다

함께 살고 있는 사람들아 귀 기울여 보자
잃어버린 것 찾아서

비에 젖어도 걷는다

내일을 위해
길 위에 역사를 쓰면서

백두산

잃어버린 땅이 그리워 무겁게 서 있는 침묵 날이 샐 때부터 회색 구름옷 입고 설법하는 풍채 좋은 스님 같은 산 한때는 겨레를 다 끌어안은 큰 가슴이었고 숨 쉬는 모든 것들을 다 품은 생명의 보고였는데 지금은 패전 장군의 뒷모습 같아서 쓸쓸해 보인다 민족의 영산으로 태어나서 나보다 더 사랑해야 하는 것들을 숙명으로 알고 살았는데 어느 길에서 무엇을 잃어버렸는지 장백이란 이름표 달고 다듬잇돌만 한 경계비 하나 올려놓은 초라한 몰락 가의 모습으로 살아가는가 반나절이면 갈 수 있는 곳을 남의 땅으로 에돌아서 올라야 하고 오르는 이마다 부끄러워 우비로 몸을 가리고 천지만 내려다본다

이 땅을 지을 때 하늘이 내려준 天地인 거다 슬퍼서 날마다 비가 내리고 흐르는 눈물 천지를 이룬다 해야 할 일 많아서 영산으로 큰 산으로 이름했는데 사진 찍는 뒷배경 노릇만 하는 것이 속이 끓어 올라 터

질 것만 같은 불을 안고 살아간다 속이 끓는 불산이
다 숨이 차서 헐떡였더니 백두산이 나에게 말했다
네 몸 한가운데 붙어 있는 심장도 마음대로 할 수 없
는데 주인 잃은 내가 이 큰 산을 어찌할 수 있겠는가

백두산은 하늘이 가까워서 하늘의 소리도 잘 들리
고 달과 별이 내려와 놀다 간다고 했다 눈이 내리
는 것처럼 별들이 내리고 소복이 쌓이기도 한다 했
다 골짜기 틈새마다 고산지대에만 핀다는 꽃들이 도
란거리면서 작은 무더기로 앉아 있었다 외로운 꽃
들을 그곳에 남겨두고 내려오는 것 같아 몇 번씩 뒤
돌아보았다. 추운 날이 오기 전에 잠깐 피었다가 숨
어야 하니까 곱게 곱게 피었나 보다 기다리는 그날
이 오면 비단옷 지어 입고 무궁화 그림으로 치장하
고 산속 깊은 곳에 숨어 있는 모두를 불러서 잔치를
해보자

독립문 공원에서의 사색

우리에게 재갈을 물려도 노래한다
깃발을 들고 불 속으로 든다
꽃들이 합창하고
새들이 춤을 춘다

저 붉은 벽 속의 형틀 속에서는
얼마나 치를 떨었을까
어머니를 만 번도 더 불렀고
하나님은 얼마나 불렀을까
손가락이 닳도록 아내의 얼굴을 그렸고
형극의 가시에 찔릴 때마다
만세 소리를
만세 소리를 기다린다
하늘하고 구름만 보이는 저 창문 너머
세상은 아직 넓다

거리에서 골목에서

붉은 꽃들이 가슴을 뛰게 한다
아직 살아서 여기 있을 때
목청껏 노래 부르자

가로등 꼭대기에서 졸고 있는 고추잠자리야
일어나라 날아라 시간이 없다
지금이 사랑할 때이다
꽃들아 더 많이 피어나거라

이날에는 독립을 노래하자
해방의 북소리에 무궁화 물이 젖는다

태풍

그건 바람이 아니고
나를 깨우는 소리
문 두드리며
나를 흔드는 것은
바람이 아니고
나뭇잎 떨어지는 소리
그 길 위에
비 내리는 소리
녹슨 철길 따라
임진강 넘어까지 가겠다더니
아직 반도 못 갔는데
넘어지고 부서지고
뭐가 떨어지고 정전되고
사람 휘청 뒷걸음질

길가에 일찍 핀 코스모스
연약한 허리 그래도

넘어지지 않고 끄떡없이 서 있고

보라색 도라지꽃

땅에 머리가 닿은 듯

굽어졌어도

다시 일어서는데

휘청거려도 나

통째로 뽑힐 수는 없지

공주 공산성에서

금강에는 달빛이 가득하고
공산성 그림자 하얀 달빛 물들어
옥양목 펼친 밤

병풍이듯 저절로 바람 막고
산으로 둘러 적을 막아
구구십 리 구십 리씩
뻗어나가는 꿈을 꾸며 쌓은 도읍
탄탄해지는 나라를 기다리며
길거리를 고쳐 신작로 만들고
논길 밭길 만들고 내를 파고
나무 심고 꽃을 심는다

아픈 비밀 있어 사비성으로 천도하는 사연
공산성에 뜨는 달은 안다
뒷산에 봉황새 울면서 길을 막았다 하고
밤나무 상수리나무가 풍년을 알리며

가는 길 막았다 해도
떨어진 달 저 산을 월락산이라 이름하고

남아 있는 자들아 이제 일어나자
내일 새벽에도 닭은 운다
발밑에 흙을 믿고
먼동이 트면 밭을 갈자

백제를 지키던 말발굽 소리 들려오는 듯
금강 건너에서 봉황이 날아 올 것이고

걱정스러운 것들

김포 오일장 마당
긴 막대에
검은색 노란색 고무줄
잔뜩 매달고 장바닥 누비는 장돌뱅이 아저씨
밥벌이가 될까 걱정이다
분홍색 운동화 기다리다가
잠이 들 딸아이 생각에
국밥 냄새 넘어서 걷는다
포장마차 뒤로 넘나든다
일 년 내내 대목장도 없이
내일은 양곡 장날

방사능에 취한 물고기
길을 헤매다가
오늘 저녁 내 밥상에 오를까 걱정이다
귀한 목숨 덧날까 봐
물고기 목에 방울이라도 달아야겠다

나 혼잣말도 무서워 말끝을 흐린다

천재지변 일어나
전쟁 날까 지진 날까
그것도 걱정이다
죽을까 봐
이산가족 될까 봐 걱정이다
하늘 무너질까
밖에 나가도 무섭고
도망갈 힘없고
싸울 힘없고
힘없는 주먹만 쥔다

삶은 비극이지만 인생은 아름다웠네

박제영 시인

"행복은 꿈일 뿐이고 고통은 현실이다." "인간은 절대 행복할 수 없음에도, 언젠가는 행복할 수 있다는 착각 속에서 자신의 모든 인생을 보낸다"는 아르투어 쇼펜하우어의 말은 200년이 지난 지금에도 여전히 유효하다.

사람들은 언제나 평화와 행복을 원하고 평화와 행복을 외치는데, 사실을 말하자면, 세상은 전혀 평화롭지 않고 삶은 전혀 행복하지 않다. 인류의 역사 이래 세상은 단 한 번도 평화로운 적이 없었고, 인류의 삶은 단 한 번도 행복하지 않았다. 지금 이 시간에도 우크라이나

와 팔레스타인을 비롯한 지구촌 곳곳에서는 전쟁이 벌어지고 있고, 아프리카와 아시아 등등 지구촌의 수많은 아이가 기아에 허덕이고 있다. 아니 그렇게 멀리 둘러볼 필요도 없겠다. 당장 우리네 삶도 하루하루 생존을 위한 피 말리는 전쟁을 벌이고 있으니 말이다.

"인생은 가까이서 보면 비극이고 멀리서 보면 희극"이라는 채플린의 말은 일견 그럴듯하지만 가까이서 보든 멀리서 보든 인생은 비극에 가깝다. "나는 아닌데"라며 누군가 손사래를 칠 수도 있겠지만, 그렇다면 그는 거짓말을 하고 있거나 자기의 삶을 진지하게 들여다보지 못하고 있거나 그도 아니라면 그는 사람도 아닐 테다. 세상의 그 어떤 사람도 비극인 인생을 피할 수는 없다. 그리고 그보다 더 큰 비극은 비극인 인생을 죽기 살기로 꾸역꾸역 기어이 살아내야 한다는 사실에 있다.

놀랍게도 이런 나의 주장을 권문자 시인은 일거에 무력화한다. 권문자 시인의 첫 시집 『詩답게 詩作하는 황혼』은 자전적 시집이라고 할 수 있을 것이다. 일제 침탈과 한국전쟁이라는 수난의 근대사, 그 고통의 질곡을 온몸으로 겪어야 했던 할머니와 할아버지의 삶, 아버지와 어머니의 삶, 그리고 그렇게 이어진 자신의 팔십 년

핍진(乏盡)했던 인생을 팔십 편의 핍진(逼眞)하고 곡진(曲盡)한 시로 엮고 있다.

해방둥이로 태어나 빨치산의 딸이라는 주홍글씨를 짊어진 채 살아낸 우여곡절의 팔십 년이 어땠을지, 감히 그 고통의 무게를 가늠하기 어려운데, 그는 결코 자기의 삶을 부정하지도 투정하지도 않는다. 자신에게 닥친 삶의 비극―아버지의 부재, 빨갱이의 딸이라는 굴레, 남편의 느닷없는 죽음―을 비관하지 않으며 오히려 타자와 삶의 비극을 감싸며 위로한다.

그의 시집 원고, 팔십 편의 시를 몇 번에 걸쳐 숙독한 그 끝에서 마침내 마주한 단어는 불행과 고통과 원망이 아닌 '용서와 화해 그리고 타자에 대한 위로'였다. 그의 삶이 어땠을지 구체적으로 살펴보자.

장안에 화제가 되었던 정지아의 장편소설 『아버지의 해방일지』는 이렇게 시작한다. "아버지가 죽었다. 전봇대에 머리를 박고. 평생을 정색하고 살아온 아버지가 전봇대에 머리를 박고 진지 일색의 삶을 마감한 것이다." 권문자 시인의 아버지도 빨치산이었다. 시인은 그런 아버지를 이렇게 덤덤하게 얘기한다. "한국전쟁이 발발했을 때 친구 아버지의 주검을 아버지가 소달구

지에 싣고 동네로 모셔왔다. 이른바 보도연맹 사건에 연루되어 목숨을 잃은 친구의 주검을 모셔 온 아버지는 그날로 집을 나가셨고, 산으로 들어가 빨치산이 되었다는 소문만 무성했다. 그 후론 아버지 얼굴을 뵌 적이 없다."

"모든 국민은 자기의 행위가 아닌 친족의 행위로 인하여 불이익한 처우를 받지 아니한다." 대한민국 헌법 제13조 3항의 '연좌제 금지' 조항이다. 개인의 범죄를 가족과 친척에게까지 연대 책임을 묻는 연좌제는 공식적으로는 1894년 갑오개혁 때 폐지되었지만, 한국전쟁 직후 연좌제가 부활했다. 북한에 협조한 자들과 빨치산, 남로당에 관련된 그 가족들에 대해 연좌제가 실시되었다. 호적에는 빨간 줄이 쳐졌고, 가족들은 공무원 시험에 응시하지 못하는 것은 물론 결혼이나 여러 면에서 불이익을 당했다. 연좌제로 인해 삶의 터전과 살아갈 희망을 잃은 사람들은 한둘이 아니었다. 1980년에 비록 연좌제가 다시 폐지되었지만, 연좌제는 여전히 피할 수 없는 굴레였고 우리 사회의 공공연한 관습법이었다. 그러니 권문자 시인의 가족은 풍비박산을 피할 수 없었을 것이고, 권문자 시인은 '빨치산의 딸, 빨갱이의 딸'이라

는 주홍 글씨를 평생 짊어지고 살아야 했을 테다. 빨치
산이었던 아버지, 그 아버지의 부재를 시인은 이렇게
시로 그려내고 있다.

아버지를 본 기억이 별로 없다 그래서 늘 그립다 살구
꽃 잎이 눈처럼 날리던 어느 봄날 검정 두루마기를 입
으시고 어디인지를 가시던 생각이 난다 살구도 익고
담장 앞 포도도 익고 뒤 울 안에 감도 익었다 안산 언
덕에 억새 풀 솜꽃도 날린다.

밤새도록 눈이 쌓이는 겨울이 지나고 다시 살구꽃은
피고 또 살구가 익었다 그렇게 솜꽃 날리고 눈이 오는
동안 아버지가 어디 계신지 아는 사람이 없었다 일본
에 유학을 가신 할아버지는 아편 환자가 되어 돌아오
셨고 논밭이 많은 부자였던 집안이 쇠하여진 속에서
나는 자랐다 요즘 TV에 나오는 진품 명품 속의 물건
들 비슷한 것들이 우리 집에는 많았다 얼핏 보아도 귀
할 것 같은 호리병은 부뚜막에 식초병이 되었고 작은
것들은 마루 밑에서 굴러다녔다

— 「나를 슬프게 하는 것들」 부분

우리 아버지는 무덤도 제단도 없다 무덤 앞에 꽃 한 송
이 놓아보고 싶다 나의 어릴 적 기억은 말을 함부로 하
면 잡혀간다 해서 늘 조심스러웠고 나의 어린 영혼은
혼란스러웠다 그래서 그런지 아버지에 대해서는 아는
것이 없다 허울 좋게 나라 걱정하고 완장 차던 사람들
변질자로 사는 사람들 등 따습고 배부르고 가십거리
라도 남겨져 있는데

아버지 당신이 숨 막힐 때까지 사랑한 것은 무엇이었
나요 죽음하고 바꾸어야 하는데도 놓을 수 없었던 것
은 무엇이고 망설이지 않고 걸어가신 그 길이 사뭇 궁
금합니다 아버지의 삶은 횃불이 아니었습니다 아버지
내가 흘린 눈물보다 더 많이 보고 싶습니다

— 「나의 슬픈 이야기」 부분

깊은 밤에 먹을 갈아 붓을 들던 아버지
매화를 그리고 쟁기질하는 농부를 그리던 손
어찌 그 손에 주먹을 쥐었을까
누가 닦달을 했을까 내일은 어떻게 믿었을까

성당 마당에서 은행잎을 쓸던 이가 닮았다 하고

대둔산 굴속에서 싸리잎에 불을 지펴

밥을 짓던 이가 영락없다 하고

지금 용두레 우물가를 지나는가

말을 달려 해란강 강가를 지나실까

(…중략…)

지난밤 불던 바람 문살에 어리는 나뭇가지 그림자

놀란 할머니 문 열고 뜰에 선다

아버지는 풀잎에 내린 아침 이슬

— 「아버지는 아침 이슬」 부분

살구나무에 상고대 핀 아직은 추운 날

오늘도 찬 바람 여전한데 우리 식구들은 내일 따뜻할

거라 한다

밤이 너무 길어도 내일 하늘이 흐려도

할 일 많은 이 땅에서

노둣돌이 된다 해도 길을 나선다

내일을 앞당겨 꿈꾸는 아버지

새 세상 마중 나간 뒤 돌아오지 않은 75년 세월
이슬처럼 짧은 아버지의 생애를 나는 슬퍼했다

다른 사람 때문에 마음이 아파야 한다니
마른 땅 비집고 피어나는 민들레를 닮으라 하고
우리 어머니에게 이렇게 가르쳐준 성경이 나는 싫었다
그런데 이상한 것은 내가 어머니를 닮아가고 있었다

봄날이 추워도 살구꽃은 핀다고 내가 나에게 말하고
있었다
내 가슴속에 아버지의 깃발이 살아 있을 때까지는
어머니의 별이 빛나고 있을 때까지
내 밥을 배고픈 이와 함께 먹을 때까지

이 시대 사람들 다 고개 돌릴지라도
인간의 고통이 너무 미안해서 꽃길만 걷는
내세가 있다 없다 해도 나는 믿는다

사람들 다 고개 돌려도 축복으로 받는다

— 「내게 주어진 축복」 전문

아버지의 신념이 무엇이었든, 아버지의 선택은 결국 남겨진 가족들에게는 물질적으로는 가난을 정신적으로는 치유될 수 없는 상흔과 트라우마를 남겼을 테다. "일본에 유학을 가신 할아버지는 아편 환자가 되"었고 "부자였던 집안"은 쇠하였다는 고백과 "나의 어릴 적 기억은 말을 함부로 하면 잡혀간다 해서 늘 조심스러웠고 나의 어린 영혼은 혼란스러웠다"는 고백(「나를 슬프게 하는 것들」)은 오히려 덤덤하리만치 차분하다. 그리고 어느새 황혼의 나이에 접어든 시인은 집안의 가난과 트라우마의 원인이었던 아버지를 원망이 아닌 그리움—"지금 용두레 우물가를 지나는가 / 말을 달려 해란강 강가를 지나실까"(「아버지는 아침 이슬」)—의 대상으로 그리고 있다. 더 나아가 "내 가슴속에 아버지의 깃발이 살아" 있는 한 지나온 모든 나날이 "내게 주어진 축복"이라고 말한다.

시인이 이렇듯 지난했던 과거의 아픔들을 극복하고 오히려 타자의 삶을 위로하는 시를 쓸 수 있는 데에는 아마도 할머니와 어머니에게 받은 영향이 적지 않은 듯한데, 그와 관련한 몇 편의 시를 읽는다면 독자들도 고개를 끄덕일 것이다.

할머니 방에는 겨우내 화롯불이 있었다

토란, 고구마, 밤을 물 묻은 종이에 싸서 구우셨다

동생과 나는 화롯가에 앉아 기다렸다

커다란 돌은 피해 다닐 수 있지만

발부리에 걸리는 작은 돌을 조심하라시며

화롯불 다독이시던 할머니

배가 고파도 먹으면 안 되는 밥

가슴이 고민할 때 지켜야 하는 것

알아들을 수 없는 말이었는데 아직 가슴에 남아 있다

(…중략…)

그때도 모르고 지금도 모르는 할머니의 중한 것은

벽에 걸려 있는 겟세마네 동산의 예수 사진

제자들이 배반했을 때 기도하는 모습이다

지금도 내 맘속 할머니의 화롯불은 꺼지지 않고

방 안 가득했던 꽃들도 시들지 않았다

— 「할머니의 방」

할머니는 새벽마다 기도를 하셨다 수행하는 마음을 담고 기다림을 지나 슬픔을 넘어 무엇이 소유인지 알기 위해 오릿길이 넘는 새벽을 걸으셨다 오늘 비가 오는데 내일 청명한 하늘이 되는 이치를 알 것 같다 세상의 모든 것이 세월 따라 변한다 하는데 슬픈 것들은 내 삶의 깊은 속에 자리를 잡고 있다

— 「나를 슬프게 하는 것들」 부분

달빛 아래 살구꽃 환한데
할머니는 왜 장명등 밝혀 마루끝에 다는 걸까
돌아오지 않은 아들 어두워 집 못 찾을세라
먼 데서도 불 밝혀 기다리는 마음 보이라고
저 불 밝히시는가

할머니가 평생 의지하던 친척
의리 있어 좋은 사람이라 믿고
재산 맡기고 의지했는데
어느 날 배신의 웃음 지을 때
우리 식구는 울었다
동구 밖 솟대 위에 앉은 나무 새도 울었고
초가지붕 삭아서 버섯 돋는 헛간채에

하얀 박꽃도 무서리에 젖으며 울었다

돋보기 흘러 내리며 읽는 성경
어느 대목 어느 구절일까
펼쳐진 책 눈물 자국 있네
새벽닭 홰치는 시각 아직 멀었는데
할머니는 버선을 신는다
할머니 그늘에 그 많던 사람
재물과 함께 다 떠나고
달빛 아래 홀로 걷는 새벽 예배당 길

― 「달빛 아래」 전문

권문자 시인에게 있어 할머니는 빨치산이 되어 집을 나간 후 끝내 돌아오지 못한 아들을 기다리며 평생 "석탑처럼 서서 / 비 맞고 눈 덮이고 / 바람 불어도 내려놓을 수 없는 한"으로 "선돌멩이 되어 서 있"던 모습으로 (「길 2」), "여름밤 / 마루에 누워서" "부채질을 하시다가 / 부채 바람에 별들이 흩어질까 봐 / 잠이 드는 내 옆에 / 부채를 살짝 놓"던 모습으로(「별」), 소풍 가는 날 "보따리를 들어다 주시고 / 혼자서 논둑길 되돌아가"시던 모습으로(「소풍 가는 날」) 각인되어 있다.

"그때도 모르고 지금도 모르는 할머니의 중한 것은
/ 벽에 걸려 있는 겟세마네 동산의 예수 사진"(「할머니
의 방」), "할머니는 새벽마다 기도를 하셨다 수행하는
마음을 담고 기다림을 지나 슬픔을 넘어 무엇이 소유
인지 알기 위해 오릿길이 넘는 새벽을 걸으셨다"(「나
를 슬프게 하는 것들」) 등의 표현에서 드러나듯이 시인
이 기억하는 할머니는 자식을 잃은 단장(斷腸)의 슬픔
과 집안의 몰락과 배신이라는 고난 속에도 원수를 사
랑하라는 예수의 가르침을 실천하던 신앙인이며, 지혜
로운 존재이다.

어머니는 또 어떤가. 권문자 시인은 "어머니는 내일
을 좋아하셨다 날마다가 어제의 내일이 되어서 살아온
팔십이다 부뚜막을 맨손으로 쓰다듬어 맥질하시던 그
어머니의 흉내도 못 내면서 살았는데 팔십이 되었다"
(「어머니가 기다리던 내일」)다며 "어머니가 기다리던
내일을 지금 내가 기다린다"고 고백한다. 시인이 기억
하는 어머니는 어떤 존재일까. 다음의 시편들에서 유
추해볼 수 있다.

하늘은 가혹했다

스물여섯에 혼자 되어

베갯잇 적실 틈도 없이

자식만은 잘 키워보리라 몸부림치며

논밭으로 헤매며 땡볕 아래 기계처럼 살았다

불혹의 아들 하늘의 품으로 보내는

아픈 가슴에 찬바람

갈수록 원통해도 놀라지 않으리라

세상이 외면해도 그냥 두어라 흔들리지 않는다

(…중략…)

도대체 어머니는 언제 울었을까

목 놓아 한 번 울어라도 볼 일이지

이월 매화가 아흔 번 피었고

가을 단풍이 아흔 번 물드는 동안

아버지하고 살아온 시간이 3년쯤

아프다 그 세월 세지 말자

그렇게 서러운데

눈 한번 까딱하지 않았다

— 「어머니의 세월」 부분

덩치 큰 살림살이

여자들만 산다고

일하는 아저씨들 소홀할까 봐

물 댄 논 둘러보고 논두렁 더듬어 물꼬 트는 손

거북 등처럼 갈라진 어머니 손

일꾼 아저씨들

모내기 김매기 피사리

고생했노라 막걸리에 고추장떡

백중날 옷 한 벌씩

닭 잡고 용돈 넣어 신식 담배 아리랑

후덕한 어머니 손

(…중략…)

넓은 들 눈부신 풀밭

억센 놈들에게 밀려서

뜰 안에서만 섬돌에서만

밤새도록 울어대는 귀뚜라미 소리 들으며

집 나간 그이가 살아 있기만 기도하는 손

― 「어머니의 손」 부분

나의 어머니는 밤새 떨어지는 꽃잎 풀 벌레가 울어도
낙엽 구르는 소리만 들려도 지난밤 자잘한 꿈을 꾸어
도 가슴이 덜컹하고 콧등이 찡하는 세월 억지로 매서
운 척 치마폭을 여몄고 아무도 다가갈 수 없는 새벽달
전 생애를 다 바쳐 길러온 불혹의 아들 지병을 못 이
겨 이 세상 이별하고 먼 곳 하늘로 갈 때도 흔들리는
모습 감추는 큰 바위 어머니의 마지막 잎새마저 올 서
리에 떨어지고 그 슬픈 생애 다하는 날까지 하늘에 기
도를 올린다

― 「나의 슬픈 이야기」 부분

권문자 시인이 기억하는 어머니는 "스물여섯에 혼자
되어 / 베갯잇 적실 틈도 없이 / 자식만은 잘 키워보리
라 몸부림치며 / 논밭으로 헤매며 땡볕 아래 기계처럼
살았"던 사람이고, "불혹의 아들 하늘의 품으로 보내는
/ 아픈 가슴에 찬바람 / 갈수록 원통해도 놀라지 않"고
"세상이 외면해도 그냥 두어라 흔들리지 않"았던 사람
이다.(「어머니의 세월」) "여자들만 산다고 / 일하는 아
저씨들 소홀할까 봐 / 물 댄 논 둘러보고 논두렁 더듬어

물꼬 트는" 사람이고, "일꾼 아저씨들 / 모내기 김매기 피사리 / 고생했노라 막걸리에 고추장떡 / 백중날 옷 한 벌씩 / 닭 잡고 용돈 넣어 신식 담배 아리랑"까지 안겨 주던 사람이다.(「어머니의 손」)

그러고 보면 권문자 시인에게 할머니와 어머니는 어느 날 들이닥친 불행과 아픔과 슬픔—그 중심에는 빨치산이 된 시인의 아버지가 존재한다. 할머니와 어머니에게 들이닥친 비극은 거기에서 비롯되었다—을 평생 품고 살았지만, 끝내 항복하지 않고 삶을 살아낸 존재들이다. 그리고 그것이 권문자 시인이 자신에게 이어진 비극을 이겨낼 수 있는 원천이 되었을 테다. 그가 나무와 새와 풀꽃을 비롯한 자연을 통해 타자의 불행과 슬픔과 아픔을 위로하는 시편들을 쓸 수 있는 것도, 할머니와 어머니에게서 비롯된 것일 테다.

지금까지 시인의 아버지로부터 비롯된 시인의 할머니와 어머니의 삶을 이야기했지만, 어쩌며 이번 시집에서 가장 절절한 시편들은 3부에 있을지 모르겠다. 먼저 세상을 떠난 남편을 그리워하는 사부곡(思夫曲)들이다.

서편 산 넘을 때
살며시 건네주던 당신의 편지에
마음이라고 쓰여 있었습니다

그 무슨 뜻인지 왜 모르겠어요
그래도 잠을 이루지 못해 뒤척였습니다
사랑한다는 말일까
꽃 같다는 말일까
새벽 첫닭이 울면
온 동네 닭이 따라 울던 그 시간까지
건넛마을 절집에서 목탁 소리 들릴 때까지
그 봄 다하도록 잠 못 이루었습니다

건봉산에서는 별빛에도
손이 시렵다던 그대여
이제 내가 하얀 종이 위에
눈물이라고 답장을 씁니다

잠 못 이루던 그 사랑이
눈물이 되었다는 소리입니다
꿈속에서만 볼 수 있는 당신을 위해

잠이 들면 어느새 그 언덕에 와 있습니다

풀잎에 맺혀 있는 것은

이슬이 아니고

감추었던 나의 눈물입니다

─「꽃이 피는 언덕」 전문

김포에서 서울로 이사했다

살기 편하고

창문 밖에는 화단 가득 꽃이 핀다

연분홍색 등불같이 조롱조롱 매달린

꽃 이름 궁금하다가

꽃 이름 잘 아는 그이가 생각난다

뒤돌아볼 틈 없이 떠난 그이

꿈속에서라도 이사한 집 찾지 못할까 봐

전화를 해야 한다

그날 후로 한 번도 눌러본 일 없는

내 휴대전화 단축 번호 1번

전화번호는 지워지지 않았는데 손이 떨린다

모르는 누가 전화를 받을까 무서워 누를 수가 없다

유리병에 고운 단풍잎 담고 색깔 고운

돌을 담아서 만든 취침등도 잊지 않고

잘 가지고 왔다고 말해줘야 하는데

번호 1번 누를 수가 없다

단축 번호 1번 지우지 않고 단념하지 못해도

밤마다 단풍잎 홀로 불붙는다

유언 없음 채무 없음 사인 심정지

순간에 세상을 바꾸어버린 그이를 부를 길 없다

나 이세 물든 잎 한 장 무거워

풀잎 같은 인생 돌아본다

— 「단축 번호 1번」 전문

3부의 시편들을 읽고 단박에 떠올린 시가 있다.

"公無渡河(공무도하) 公竟渡河(공경도하) 墮河而死
(타하이사) 當奈公何(당내공하), 님아, 그 물 건너지 마
오. 님은 끝내 물을 건너셨네. 물에 빠져 죽었으니, 가
신 님을 어찌할꼬." 편편마다 그야말로 「공무도하가
(公無渡河歌)」이다. 어떤 사랑은 낭만보다 고통에 가
깝다. 그런데 그 고통 속에서 뜻밖에 진정한 사랑이 꽃
핀다. 진흙 속에서 연꽃이 피듯이. 그 힘으로 고단한 내

삶을 살아낸다. 그 힘으로 타자의 고단한 삶을 위로한다. 권문자 시인의 연시(戀詩), 사부곡(思夫曲)은 그런 힘을 지녔다.

***

아수라 같은 세상의 틈바구니에서 희망의 싹을 틔우고 그래도 삶을 아름답게 만들어주는 것. 그것이 바로 詩가 아닐까. 유사 이래 인류가 시를 쓰고 읽어온 이유가 아닐까.

우리의 삶은 얼마나 버거운가. 희로애락(喜怒哀樂)을 얘기하지만, 실제 삶은 기쁨(喜)보다는 노여움(怒)에 가깝고, 즐거움(樂)보다는 슬픔(哀)에 가깝다. 실제의 삶은 사는 일이 아니라 살아내는 일이고, 즐기는 일이 아니라 견뎌내는 일에 가깝다.

권문자 시인의 시를 읽으면서 불행과 고난의 연속인 삶이지만 그 속에서 피워올리는 작은 희망의 싹을 본다. 아프고 슬프고 절망이 가득 찬 세상이지만 그래도 삶은 아름다운 것이라고. 그래도 삶은 살 만한 곳이라고.

권문자 시인의 시를 읽으면서 로베르토 베니니의 영화, 「인생은 아름다워」를 떠올린다. 긍정과 사랑과 희망만 있다면 최악의 절망 속에서도 인생은 얼마든지 아름다울 수 있다는 것을 영화 속 '귀도'가 보여주지 않았던가.

이번 시집을 한 줄로 요약하자면 "삶은 비극이지만 인생은 아름다웠네"라는 말일 테다. 본의 아니게 오역(誤譯)이 있었다면, 시인에게는 양해를 구한다.